Rossbreiten

MännerschwarmVerlag

ROSSBREITEN

FLORIAN NAUJOKS

Roman

Männerschwarm Verlag
Hamburg 2013

Bibliografische Information der Deutschen Bibliothek
Die Deutsche Bibliothek verzeichnet die Publikation in der Deutschen Nationalbibliografie; detaillierte bibliografische Daten sind im Internet über http://dnb.ddb.de abrufbar.

Florian Naujoks
Rossbreiten
Roman

Umschlaggestaltung: Carsten Kudlik, Bremen, unter Verwendung eines Fotos von madochab / photocase.com

Druck: Interpress, Budapest
1. Auflage 2013
ISBN 978-3-86300-133-9

Männerschwarm Verlag
Lange Reihe 102 - 20099 Hamburg
www.maennerschwarm.de

Beck's #1 (0–0,2 ‰)

Wehmütig betrachtete er seinen Arm. Der blaue Fleck war fast nicht mehr zu sehen. Drei Wochen hatte er immerhin gehalten. Erst hatte er sich dunkelrot bis blau verfärbt, dann dunkelgrün, und am Ende erinnerte seine Farbe an eine vergammelte Birne. Blaue Flecken entstehen, wenn unter der Haut Blutgefäße platzen. Das Blut verteilt sich im Gewebe, gerinnt, und das Hämoglobin wird schließlich zu bunten Gallenfarbstoffen umgewandelt. Im Grunde genommen der gleiche Vorgang wie bei der Entstehung von Knutschflecken, doch geknutscht hatten sie nie. Nicht mal in den Arm genommen hatten sie sich, stattdessen in den Schwitzkasten. Streicheln war erst recht tabu. Zu verdächtig. Zu nah. Um sich gegenseitig ihre Sympathie zu bekunden, drehten sie sich lieber die Arme auf den Rücken oder boxten sich grün und blau.

Kramer stand in der dunklen Küche. Nur aus dem Innern des Kühlschranks fiel ein wenig Licht auf den schwarz-weiß karierten PVC-Boden der Altbauwohnung, der eigentlich mal wieder gewischt werden musste. Sein Blick war auf acht Flaschen Beck's im obersten Fach gerichtet, Überbleibsel von seinem Geburtstag. Einunddreißig war er geworden. Im kleinen Kreis hatte er das gefeiert. Wenn man von feiern sprechen konnte, denn um halb eins war bereits alles vorbei gewesen. Einunddreißig, und dabei sah er immer noch aus wie Anfang zwanzig.

Seine Versuche, sich einen Dreitagebart wachsen zu lassen, waren kläglich gescheitert. Selbst nach zwei Wochen brachte er nicht mehr zustande als ein paar vereinzelte Härchen an Kinn und Oberlippe; an den Wangen wollte gar kein Bart sprießen. Statt männlich oder lässig sah er mit den paar Stoppeln aus wie der Juniorchef eines Prostituiertenrings.

Der Zahn der Zeit hatte an ihm noch nicht zu nagen begonnen. Er alterte einfach nicht, von ein paar grauen Haaren an der rechten Schläfe einmal abgesehen, mit denen er, kurz nachdem sie sich erdreisteten, die Blicke auf sich zu ziehen, mit der Pinzette kurzen Prozess machte.

Einunddreißig Jahre lagen hinter ihm, einunddreißig Jahre, in denen er noch nie eine Affäre gehabt hatte, geschweige denn eine Beziehung oder so was von der Art. Unterm Strich ein Armutszeugnis, musste er sich eingestehen, zumal auch dieser Versuch ergebnislos verlaufen war.

Kramer griff in den Kühlschrank und nahm ein goldenes Beck's heraus. Frauenbier, wie richtige Kerle behaupteten. Ihm war das egal. Er gehörte schließlich nicht zu denen, die es fertigbrachten, die Bierflasche mit einem Feuerzeug zu öffnen. Stattdessen griff er zum Designer-Flaschenöffner der Firma WMF, den er während eines seiner rar gewordenen Besuche bei den Eltern abgestaubt hatte. Beim Öffnen gab die Flasche ein leises Zischen von sich. Kramer nahm einen tiefen Schluck.

Wie vielen Menschen man wohl im Laufe seines Lebens begegnete, zu denen man sagen wollte, mit dir will ich für immer zusammenbleiben? Drei, vielleicht vier, oder gar nur einem einzigen? Kramer seufzte. Als Geografielehrer betrachtete er die Dinge meist nüchtern und theatralische Gedankenspiele waren ihm fremd.

Über sieben Milliarden Menschen gab es auf der Welt, wie sollte er sich da für einen entscheiden? Im Zeitalter von Globalisierung und Überbevölkerung war eine solche Hoffnung reine Utopie. Es mochte ja durchaus sein, dass es irgendwo auf der Welt, vielleicht sogar in dieser Stadt, in dieser Straße, womöglich in dem Haus, in dem er lebte, jemanden gab, der dasselbe dachte und fühlte wie er. Kramer musste aufstoßen. Möglich war es vielleicht, doch half es ihm jetzt nicht weiter. Jetzt ging es nur um diesen einen. Er war ihm im Supermarkt begegnet, und ein bisschen Theatralik war doch irgendwie im Spiel gewesen. Am Tiefkühlregal war er ihm entgegengekommen und hatte frech gegrinst. Seine Knie waren weich geworden und er hatte unbeholfen zurückgelächelt. Dann war er in die Süßwarenabteilung geflüchtet und hatte hinter einem PEZ-Ständer Zuflucht gesucht. Bevor er die Kasse schließlich erreichen konnte, hatte Christoph ihn mit seinem Einkaufswagen ausgebremst und angesprochen.

Das war vor einem halben Jahr gewesen. Seitdem war viel passiert. Sie hatten sich zunächst auf einen Kaffee verabredet und schließlich angefreundet. Kramer setzte die Flasche erneut an. Angefreundet, das klang so nach Sommerurlaub an der Nordseeküste, dachte Kramer. Als man mit Eimer und Schäufelchen am Strand umherstreifte, um für die Zeit des Aufenthalts einen Spielgefährten zu finden, mit dem man Burgen bauen und im Wasser toben konnte. Viel weiter war er mit Christoph jedenfalls nicht gekommen, egal, was für prächtige Luftschlösser Kramer in seiner Fantasie errichtete. Denn mit jedem weiteren Treffen wuchs seine Faszination für den Gleichaltrigen und das Verlangen, ihm zu zeigen, was er wirklich für ihn empfand. Doch Christoph machte keine Anstalten, ihm den entscheidenden Schritt entgegenzukommen.

Es gab keine Anzeichen, dass er mehr zwischen ihnen sah als nur diese Freundschaft. Und so sagte Kramer lieber nichts. Er tröstete sich mit der Hoffnung, dass spätestens dann, wenn sein Gehirn nicht mehr von all den Neurotrophinen und Oxytocinen überschwemmt und lahmgelegt wurde, wie es laut Wikipedia geschah, der Schmerz allmählich nachlassen würde, der bitter und nach Entbehrung schmeckte.

Kramer warf einen erneuten Blick auf den bräunlichen Fleck auf seinem linken Oberarm und seufzte.

Vorige Woche hatte Christoph im gleichen Supermarkt einen anderen Mann getroffen. Es sei zu früh, von ihm als dem Neuen zu sprechen, erzählte Christoph am Telefon, aber Gefühle wären schon im Spiel. Kramer erinnerte sich, dass ihm das Herz bei diesen Worten bis zum Hals geschlagen hatte. Seine Hände zitterten und ihm war schlecht geworden. Ein Gefühl, als hätte ihm jemand mit der Faust in die Magengrube geschlagen. Unwillkürlich musste er an eine Folge der Simpsons denken, als Bart sich in das neue Nachbarmädchen Laura verliebte, die jedoch zum Leidwesen des gelben Jungen von dem lässigen Schul-Rowdy Jimbo Jones wesentlich mehr angetan war und Bart schließlich höhnisch lachend das blutende Herz aus der Brust riss. *Eat my shorts*, dachte Kramer.

Da fiel sein Blick auf eine Urkunde an der Wand. Sie hing genau neben der Ernennungsurkunde zum Beamten auf Widerruf im Staatsdienst der Bundesrepublik Deutschland. Vor Kurzem war er zum schönsten Lehrer seiner Schule gekürt worden. Und das, obwohl er seit ein paar Wochen eine Zahnspange trug. Allerdings waren die Stimmzettel bereits vor Monaten verteilt worden, zu einem Zeitpunkt, als Kramer noch ohne diesen glänzenden Maulverhau über den Schulhof schritt.

Die Korrektur seiner Zähne sei unbedingt notwendig, hatte ihm die Zahnärztin versichert, zumindest dann, wenn er auch in ein paar Jahren noch in der Lage sein wollte, feste Nahrung zu sich zu nehmen. Kramer hatte ganz entspannt im eierschalenfarbenen, wildlederbezogenen Behandlungsstuhl der Zahnarzteinheit gelegen, als er durch seine halb geschlossenen Augen erkannte, wie Frau Doktor Thielmann die akkurat gezupften Augenbrauen hochzog und die Stirn in sorgenvolle Runzeln legte. «Oh ... oh ... oh ... da müssen wir ran», seufzte sie. «Da geht gar kein Weg dran vorbei, Sie werden sehen, Herr Kramer. Ganz viele Erwachsene in Ihrem Alter tragen jetzt eine Multibracket-Apparatur. Kein Grund, sich zu schämen. Reine Gewohnheitssache.»

Kramer erinnerte sich, dass sie bei diesen Worten sanft seine Handflächen getätschelt und ihn dann im Behandlungsstuhl liegen gelassen hatte. Er wusste nicht, ob es die schockierende Nachricht oder das intensive Licht der Kavo-Leuchte war, doch er hatte Tränen in den Augen gehabt und ein paar Tage gebraucht, um den Schock zu überwinden. Schließlich war er zu der Einsicht gelangt, dass es für ihn ohnehin nichts mehr zu verlieren gab und die Korrektur seiner Zähne das kleinste Übel in einem Leben war, das in Schieflage zu geraten drohte. Also rief er am nächsten Morgen in der Praxis an und vereinbarte einen Termin.

Vorsichtig entfernte Kramer die Reißnadel und nahm die Urkunde in die Hände. «Schönschter Lehrer», murmelte er und ein Spuckebläschen landete durch die Spange hindurch auf der marmorierten Urkunde. Eigentlich war er noch gar kein richtiger Lehrer. Er war Referendar und seit knapp anderthalb Jahren als Beamter auf Widerruf angestellt. Ein wenig stolz machte ihn diese Auszeichnung schon. Gut, die Konkurrenz war relativ überschaubar, sie ging aufgrund des Altersunterschieds und der Klamottenauswahl der meisten Kollegen ehrlich gesagt gegen null, aber das wusste ja keiner von den Leuten, denen er die Urkunde bereits prahlend unter die Nase gehalten hatte.

Vielleicht hatte seine Klammer in gewisser Weise sogar die Wahl beeinflusst, denn seit er sie trug, hatte sich der Draht vor allem zu den Schülern und Schülerinnen der unteren Klassenstufen noch einmal verbessert. Er war nun Leidensgenosse, der um die Unvereinbarkeit von Teigwaren und Zahnspange ebenso wusste wie um das Problem einer zu feuchten Aussprache.

In der Schule war er nicht nur der schönste Lehrer, einige Schüler bezeichneten ihn auch als ihren Meister, hielten ihm die Türen auf und fanden ihn irgendwie cool. Dass er damals, als er in ihrem Alter war, zu denen gehörte, die sich auf Klassenausflügen im Bus ganz nach vorne setzten und im Etagenbett der Jugendherbergen unten schliefen, ahnten seine Schüler nicht. Sie wussten nicht, dass er im Alter von neun Jahren damit begonnen hatte, in grünen, von seiner Mutter selbst gestrickten Stulpen und schwarzer Saunahose als einziger Junge unter vierzehn Mädchen zu Michael Jacksons *Billy Jean* dramatisch mit den Armen fuchtelnd in miefigen Turnhallen Jazzdance zu tanzen. Und es blieb ihnen glücklicherweise auch verborgen, dass er im gleichen Alter *El condor pasa* auf dem elterlichen Dual-Plattenspieler rauf und runter gespielt hatte und sowohl ein großer Fan von Nicki als auch der Ersten Allgemeinen Verunsicherung gewesen war.

Seine Kindheit und auch seine Jugend waren von großer

Furcht geprägt gewesen. Er war ein Schisser und hatte Angst vor fast allem. Vor Graf Zahl aus der *Sesamstraße*, der höhnisch lachend die Zahlen hinter sich warf, während im Hintergrund die Kulisse bebte und Blitze zuckten. Oder vor den Zwillingen bei *Hallo Spencer*, die mit den bunten Köpfen wackelten und so laut herumkrakeelten, dass Kramer lieber das Weite suchte. Wenn der böse Zauberer Gargamel wieder einmal den Schlümpfen nachstellte, nahm er schreiend Reißaus.

Es war ihm nicht geheuer gewesen, dass im Kindergarten der evangelisch-lutherischen Gemeinde immer mittwochs behinderte Kinder zu Besuch kamen – eine der vielen integrativen Maßnahmen der Kindergartenleitung, damit die Kleinen möglichst früh lernten, was Rücksichtnahme und Toleranz bedeuteten. Kramer indes wollte das gar nicht lernen und flehte seine Mutter jeden Mittwochmorgen an, sie möge ihn doch bitte zu Hause behalten, er würde auch ganz leise sein und oben für sich alleine spielen. Er könne ihr aber auch zur Hand gehen oder so. Alles würde er tun, wenn sie ihn nur zu Hause bleiben ließe. Seine Mutter jedoch winkte ab, mit der Begründung, dass sie zur Arbeit müsse und es ja wohl nicht so schlimm sein könne. Und so verstummte er, und sie brachte ihn in den Kindergarten, wo sie bereits schreiend auf ihn warteten, befremdliche Kreaturen, mit wirren Haaren und großen Köpfen, von denen einer sogar zwei besaß.

Als er zwölf wurde, waren es vor allem Verlustängste, die ihn verfolgten und ihren Ausdruck in der fixen Idee fanden, dass seine Eltern sich scheiden ließen und ihn ins örtliche Kinderheim abschoben, wo sie ihn nur ab und an am Wochenende mit ihren neuen Partnern besuchen kamen. Auslöser dieser Furcht waren die herzlichen Umarmungen und Küsschen, die seine Mutter auf der Feier ihres fünfundvierzigsten Geburtstags von vielen Männern erhielt, die Kramer nicht kannte. Sie waren ihm eindeutig zu eng, einige Küsse bekam die Mutter sogar auf den Mund, wie Kramer zunächst angewidert, dann mit Herzklopfen durch den Türspalt seines Kinderzimmers beobachtete.

Als sein Vater fünfzig wurde, gratulierte ihm seine Mutter mit dem Satz, dass nun laut *Apotheken Umschau* die gefährlichste Phase in seinem Leben begänne. Er müsse ganz genau auf die Signale seines Körpers horchen, denn sein Herzinfarktrisiko sei jetzt besonders hoch. Kramer stand ängstlich daneben, stotterte irgendetwas von «Herzlichen Glückwunsch» und ließ die Packung Pfeifentabak, eine Sonderedition, die er von seinem Taschengeld gekauft hatte, zurück in die Hosentasche gleiten.

Das besondere Risiko, dem sein Vater nun ausgesetzt war, wurde Kramer immer dann ins Bewusstsein gerufen, wenn er den Kühlschrank öffnete, um eine Milchschnitte oder einen Fruchtjoghurt zu essen. Denn seine Mutter hatte einen roten Zettel an der Kühlschranktür angebracht, auf der die Nummer des Notarztes stand, die Kramer und sein Bruder sofort anrufen sollten, falls sie ihren Vater japsend auf dem Rücken liegend in Haus oder Garten vorfanden.

Kramer bangte fortan jeden Tag um das Leben seines Vaters. Ließen die Eltern ihn allein zu Hause, erwartete er bei jedem Telefonklingeln die Hiobsbotschaft seiner Mutter, sein Vater sei nach einer Herzattacke auf dem Tennisplatz tot zusammengebrochen und er nun Halbwaise.

Als er mit dreizehn seltsame Knötchen unter den Brustwarzen ertastete, die wehtaten, wenn man darauf herumdrückte, fürchtete er, er habe Brustkrebs, und forderte die Mutter auf, mit ihm sofort zu Doktor Petersen, ihrem Hausarzt, zu fahren. Doch es war keine heimtückische Krankheit, die ihn heimsuchte, sondern die Pubertät, die ihn nicht minder hinterlistig übermannte und sein Leben fortan unerträglich machte.

Schon als Zehnjähriger war er pummelig, weich und klopsig gewesen. Als Elf-, Zwölf-, Dreizehn-, Vierzehnjähriger auch, daran änderte die Pubertät erst einmal nichts. Er war relativ klein für sein Alter und hatte einen kugelförmigen Bauch, vergleichbar dem eines hungernden Kindes aus der Sahelzone. Dieser bemitleidenswerte Oberkörper stand auf zwei noch bemitleidenswerteren Beinchen, die nur unwesentlich dicker waren als die hageren Ärmchen, die vom oberen Ende des Torsos schlaff hinunterhingen. Eine gewisse Ähnlichkeit zu E. T. ließ sich nicht verleugnen, zumal er eigentlich immer nach Hause wollte, wenn er irgendwo eingeladen war und sich unwohl fühlte.

Erst mit fünfzehn verschwand der Speck. Dafür kamen Stimmbruch, Pickel und Mischhaut. Kein geiler Deal, aber es traf ja die anderen genauso. Doch obwohl alle an den Begleiterscheinungen der Pubertät laborierten, war trotzdem er es, der auf Klassenfahrten ein Einzelzimmer bezog, war immer er es, der im Sportunterricht als Letzter in die Mannschaft gewählt wurde. Während sich links und rechts von ihm die Holzbank nach und nach leerte, blieb er sitzen und tat so, als würde ihm der Selektionsprozess, den sein Sportlehrer immer mit den Worten «die Spreu vom Weizen trennen» umschrieb, nichts ausmachen.

Insgesamt eine harte Zeit, sein Teenageralter. Ein pummelig-verpickelter Haufen Elend in karierten Cordhosen, Rodeo-Polo-Shirts von C&A und Strickpullovern aus Polyester. Ein Siegerurkundentyp, zu langsam und zu kurz für die Ehrenurkunde, den nicht nur bei 800-Meter-Läufen hohlkreuzbedingte Rückenschmerzen verfolgten, sondern auch die Angst, seine Eltern könnten ihn aus ästhetischen Gründen abschieben und zur Adoption freigeben.

Fraglich blieb, welche Mitschuld seine Eltern, vor allem seine Mutter, an der vorpubertären Misere und dem leidigen Außenseiterdasein trugen. Als engagierte Lehrerin war sie eine große Verfechterin innerer Werte und pragmatischer Normen; äußeres Auftreten dagegen und ästhetische Bedürfnisse im weiteren Sinne waren ihrer Meinung nach zweitrangig. Hauptsache, alles war praktisch und günstig. Mit dieser Einstellung hatte sie, da war sich Kramer mittlerweile sicher, eine nicht unbedeutende Rolle in dieser würdelosen Zeit gespielt.

Stand wieder mal ein Klassenausflug an, konnte er damit rechnen, der Einzige zu sein, der um den Hals einen Brustbeutel aus beigem Schweineleder und weißen Kordeln trug. Und während andere Kinder mit den neusten Nike-Air-Modellen in die Schule kamen, lief er in Turnschuhen der Marke Victory, die in den Augen seiner Mutter ihrer Bestimmung durchaus noch Genüge taten, ihnen mal hinterher und mal vor ihnen davon. Behindert durch ihre silberglänzenden Maulverhaue, schrien sie ihm nach: «Paff auf, du Fluchtel! Diff machen wir fertig.»

«Ich weiß gar nicht, was du hast, solange du keine nassen Füße bekommst, ist doch alles prima», waren die weisen Worte seiner Mutter. Und als die Klettverschlüsse nicht mehr funktionierten, brachte sie die Schuhe kurzerhand zum Schuster und ließ auf jeden Verschluss einen Druckknopf anbringen, insgesamt sechs an der Zahl, die silbern in der Sonne glänzten und Kramer dazu veranlassten, eine Zeit lang lieber barfuß zu gehen.

Auch im Tennisklub, in dem ihn seine Eltern nach den Wimbledon-Siegen von Boris Becker 1985 angemeldet hatten, fiel er durch seine eigenwillige Garderobe auf, die aus ausgelatschten Puma-Turnschuhen, einer blauen Satin-Turnhose und Kniestrumpfhosen im Rautenmuster bestand und nach oben durch ein verwaschenes Polohemd der Marke Rodeo abgeschlossen wurde. Ein Loser-Outfit, mit dem Kramer zweifelsohne Altkleidermeister geworden wäre oder den Worst-Dress-Award der *Gala* gewinnen konnte, nicht aber den Titel um die Bezirksmeisterschaft. Den holten zwar auch seine Mannschaftskameraden nicht, aber die machten in den kurzen Jeans-Pants und neonfarbenen Radlerhosen von Nike einfach eine bessere Figur.

Kramer war bereits vierzehn, als er seine Hartz-IV-Kleidung im Schrank hängen und seine Mutter stehen ließ, als sie wieder einmal darauf hinweisen wollte, dass Äußerlichkeiten nicht alles im Leben seien. Und mit Blick auf die Kleidung, die sie einst eingekauft hatte und die er nun schmählich zurückwies, fügte sie hinzu: «Das willst du wegschmeißen? Das ist doch nun wirklich tipptopp in Ordnung!? Warte mal ab, in vier, fünf Jahren kommt das alles wieder!» Schließlich ließ sie sich jedoch darauf ein, Kramer ab jetzt ein monatliches Klamottengeld zu zahlen.

Mit dem Geld in der Tasche machte Kramer sich auf in Richtung Fußgängerzone, fest entschlossen, jeden einzelnen Pfennig in die Erneuerung seines Klamottenfundus zu stecken. Noch nie hatte er eine Jeans getragen, geschweige denn einen Jeans-Laden von innen gesehen, und so betrat er skeptisch den Jeans-2000-Shop und lief ziellos zwischen den Regalen hin und her, bis ihm eine etwa fünfzigjährige Verkäuferin ihre Hilfe anbot. Er entschied sich nach einigem Zögern für eine Levi's 501. Unsicher warf er einen Blick in den Spiegel an der Umkleidetür. Er sah aus wie ein Cowboy auf der Suche nach Krawall und auch irgendwie zu maskulin. Am liebsten hätte er seine vertraute Cordhose genommen und den Laden verlassen, doch als hinter ihm die Verkäuferin ungefragt den Kopf in die Kabine steckte und ein euphorisches «Flott» hineinrief, vertraute er ihr schließlich und verließ mit der ersten Jeans seines Lebens den Laden. Um die textile Metamorphose komplett zu machen, kaufte er sich noch einen Oxbow-Pullover und marineblaue Chucks und kam erschöpft und mit einer seltsamen Mischung aus Verunsicherung und Zufriedenheit nach Hause.

Im Bestreben, sein Äußeres in jeder Hinsicht zu revolutionieren und die Mimikry zu vollenden, die der einzige Ausweg aus der Misere zu sein schien, ließ er an sein Gesicht von nun an außer Wasser nur noch Clearasil. Er kaufte sich das Reinigungswaschgel aus dem Anti-Pickel-Programm des Herstellers, der in der Werbung nicht nur ein porentief reines Gesicht, sondern auch eine Menge neuer Freunde und Freundinnen versprach. Schließlich war er einer der Ersten seiner Klasse, die Eau de Toilette benutzten. Fasziniert von dem blauen Flakon und den Sternen, die ihn verzierten, und nach einem kurzen Beratungsgespräch mit der Parfumeuse der örtlichen Drogerie gab er sein letztes Taschengeld für eine 30-ml-Version von Wolfgang Joops Night Flight aus.

Es war ein Montagmorgen, als er den Klassenraum betrat, eingehüllt in Levi's-Jeans, Oxbow-Pullover und eine Night-Flight-Dunstwolke von Joop. Vielleicht hätte er nicht so verschwenderisch mit dem Parfum umgehen sollen, vielleicht lag es an dem kompletten Wandel seines äußeren Erscheinungsbildes, jedenfalls hatte er kaum den Klassenraum betreten, da ertönten auch schon die ersten Willkommensgrüße: «Ey, da kommt der Schwuli. Schaut mal, was der jetzt trägt. Meint wohl, er ist was Besseres, he? Und er geht wie ein Mädchen!» Als er an ihnen vorbeiging, verzog er keine Miene, eine Leistung, die nicht nur seinem starken Willen, sondern auch der Tatsache geschuldet war, dass er sich morgens gleich mehrfach hintereinander das Gesicht mit dem neuen Reinigungsgel gewaschen hatte. Das Ergebnis bestand darin, dass nicht nur allen Pickeln der Garaus gemacht wurde, sondern die Haut vollkommen austrocknete und das ganze Gesicht mit einer Spannung überzogen war, die mehrere Stunden anhielt und Kramers Mimik zum Erliegen brachte.

Als die Zurufe kein Ende nahmen und er schließlich sah, wie der doofe Lars ihn nachäffte, hielt Kramer es nicht mehr aus. Er machte auf dem Absatz kehrt und rannte davon, rannte, so weit ihn seine krummen Beinchen trugen, eine Wolke Night Flight immer dicht auf den Fersen. Wirklich weit kam er allerdings nicht, seine Puste reichte gerade bis zur nächsten Straßenecke. Von dort schlurfte er japsend weiter bis nach Hause, warf seinen türkisen McNeill-Ranzen in die Ecke und sich selbst schluchzend aufs Bett. Er drehte die Schneider-Kompaktanlage bis zum Anschlag auf, dass die 20-Watt-Boxen Nino de Angelos *Samuraj* brummten und ächzten, und er schwor sich, nie wieder in die Schule zu gehen.

Sie hatten ja nicht ganz unrecht. Aufgrund einer anatomischen Anomalie hatte sein Gang in der Tat etwas Feminines. Infolge einer abnormen Verkürzung des Hüftbeugers war er im Beckenbereich relativ unbeweglich, und sobald er die

Beine auch nur ein wenig anwinkelte, wie es beim Laufen nun einmal nicht zu vermeiden war, fühlte sich seine Rückenmuskulatur verpflichtet mitzuarbeiten. Sie spannte sich an und verlieh ihm den erhabenen Gang einer rumänischen Kunstturnerin auf dem Weg zum Schwebebalken. Etwas später plagten ihn dann hartnäckige Rückenschmerzen.

Seine Eltern kauften ihm einen orthopädischen Stuhl und schickten ihn zwei Mal die Woche zur Physiotherapie, die damals noch Krankengymnastik hieß, doch all das half nichts. Kramer hatte einfach keine Lust, all die Übungen, die so seltsame Bezeichnungen trugen wie Katzenbuckel oder Giraffenhals, zu Hause nachzuturnen. Und seine Hausaufgaben, wenn er sie überhaupt anfertigte, machte er auch lieber im Liegen auf dem Fußboden, als sich am Schreibtisch in den Kniehocker zu zwängen, bei dem man niemals sicher sein konnte, ob man ohne fremde Hilfe wieder herauskommen würde.

Also verliefen Schulterpartie, Hohlkreuz und Hintern weiterhin in Form eines S, und seine Art der Fortbewegung war nicht wirklich als Gehen zu bezeichnen, es war mehr ein eigen- und entenartiges Trippeln, das ihn veranlasste, nach Möglichkeit Rad zu fahren. Dass es sich dabei um ein weißes Mädchenfahrrad mit rosa Körbchen handelte, das seine Mutter günstig bei einer städtischen Versteigerung erworben hatte, war Ironie des Schicksals.

Es wäre falsch zu behaupten, dass er zu jener Zeit gar keine Freunde besaß. Zwar konnte er sie an seiner kleinen Kinderhand abzählen, und es hätte gereicht, wenn er nur drei Finger gehabt hätte, wie eines der Kinder aus dem Behindertenkindergarten, aber immerhin, er hatte Freunde. Ihre Zahl reichte zwar nicht für eine richtige Geburtstagsfeier, aber man konnte auch mal als Gruppe vor den Rowdys der Klasse davonlaufen oder sich gegenseitig Deckung geben, wenn man den Schulhof überquerte.

Als er sich bei seiner Mutter darüber beklagte, ermahnte sie ihn, dass es nichts bringe, sich immer zu verkriechen. «Du musst dich den anderen stellen und dich mit deinen Problemen auseinandersetzen!», sagte sie mehr als einmal und Kramer wurde klar: Er musste da irgendwie alleine durch. Er blieb ein mädchenhaft-spastisch-schwuler Außenseiter, allerdings ein Außenseiter in schickem Oxbow-Pullover und Levi's-Jeans, umgeben von einer Wolke teuren Eau de Toilettes und mit nigelnagelneuen Chucks an den Füßen, die cool aussahen, auch wenn sie nicht imstande waren, seinem Gang einen männlicheren Touch zu verleihen.

Seine Mutter sollte schließlich recht behalten. Er hielt die Hänseleien aus, stellte sich den Anfeindungen und irgendwann, Kramer wusste nicht mehr genau, wann es war, hatte die Angst nachgelassen, bis sie ganz verschwunden war. Sie machte einem ausgeprägten Zynismus Platz, der Kramer bis heute innewohnte und aus ihm einen spöttischen Sarkasten gemacht hatte, lebensunfroh und von einer dicken Schutzhülle umgeben, die aus Ironie und Gleichgültigkeit bestand und alles an sich abprallen ließ. Erst jetzt, bei der Sache mit Christoph, schien diese Hülle ihn im Stich zu lassen.

In wen man sich verliebe, das könne man sich doch nicht aussuchen, hatte ihm Christoph erklärt. Er mochte ihn, das wüsste er ja ohnehin, doch leider kribbele es nicht, kein Zittern in den Knien, keine Schmetterlinge im Bauch. Christoph verhielt sich fair. Lügen oder Ausflüchte gab es nicht, stattdessen spielte er mit offenen Karten ein Spiel, das Kramer von Anfang an verloren hatte.

Im Grunde war Christoph nichts vorzuwerfen. Genau das machte es ja so schlimm. Keine Möglichkeit, eine Szene zu machen. Kein Kratzen, Beißen, Haareziehen. Diese Ehrlichkeit machte ihn sogar noch attraktiver, als er es ohnehin schon war. Sie stand ihm genauso gut wie seine dunklen Haare, die hellgrauen Augen und das gewinnende Lächeln, an das Kramer immer wieder denken musste.

Gelacht hatten sie viel. Vielleicht sogar zu häufig. Kramer spielte seine Rolle gut, der humorvolle, lockere Kumpel, der für jeden Spaß zu haben und sich für nichts zu schade war. Er scheute nicht mal davor zurück, in einer Karaokebar auf die Bühne zu steigen, und das, obwohl Kramer Karaokebars nicht ausstehen konnte. Trostlose Orte für trostlose Menschen. Menschen, die Briefmarken sammelten oder Bowling nicht als Freizeitvergnügen, sondern als Sport betrieben. In Karaokebars wimmelte es von armseligen Gestalten, die sich nach ein bisschen Ruhm sehnten und nach drei oder vier Weinbrand-Cola auf die Bühne stolperten, um mit dem Mikrofon in den zitternden Händen nach den Sternen zu greifen. Die standen nämlich zeit ihres Lebens ungünstig für diese Gebeutelten, Missachteten und Unterschätzten, und das brachten sie anklagend in Form von gefühlsschwangeren Balladen zum Ausdruck.

Kramer war einer von ihnen und hatte sich Michael Boltons *How am I supposed to live without you* ausgesucht. Zitternd war er unter dem Gegröl der anwesenden Gäste auf die Bühne hinauf- und nach dreieinhalb Minuten wieder hinuntergestiegen. Applaus bekam er, das Herz von Christoph blieb für ihn jedoch ebenso unerreichbar wie der höchste Ton, den er wenige Minuten vorher lauthals verfehlt hatte.

Er dachte, wenn er jeden Tag etwas mit Christoph unternähme, würde sich das Gefühl des Verliebtseins abnutzen, die Zuneigung verschleißen, wie die Vorliebe für einen bestimmten Song auf einem Album, das man sich gerade downgeloadet hatte und immer und immer wieder auf dem iPod abspielte. Zwar löscht man manche Lieder irgendwann aus der Playlist, weil man sie nicht mehr hören kann, doch bei anderen entdeckt man bei jedem Hören etwas Neues und kann nicht genug davon bekommen. So war es auch bei Christoph. Ihm zuzuhören, das funktionierte stundenlang. Doch auf ein Wort der Zuneigung wartete Kramer vergebens. Dabei schien Christoph nicht nur gefühlsbedingt zu einem «Ich liebe dich» außerstande, auch phonetisch betrachtet gab es Probleme. Denn Christoph kam aus Trier. Also durfte Kramer sich hin und wieder ein «Isch mag disch» anhören. Im Grunde genommen ja eine nette Sache, aber nicht ganz das Richtige, wenn man sich Hoffnung auf etwas anderes machte. Schließlich lagen ganze Welten zwischen Lieben und Mögen, und Kramer wusste als Deutschlehrer, dass ein anderer gerade das Akkusativ-Objekt von Christophs Begierde war. Er musste sich damit abfinden und brachte die leere Flasche in die *Küsche*.

Beck's #2 (0,2–0,4 ‰)

Drei mickrige Übereinstimmungen. S, t und i. Das hätte Kramer sich ja gleich denken können und er zerknüllte enttäuscht den Zettel, auf den er ihre beiden Namen geschrieben hatte. Der Lovecalculator brachte Erbärmliches zutage. Ein Liebes-Index von gerade mal dreißig Prozent! Ein desolates Resultat, mit dem kein Blumentopf und erst recht kein Christoph zu gewinnen war. Hätten ihn seine Eltern statt Bastian doch nur Christian genannt, oder besser noch Christopherus!

Er wusste ja eigentlich schon lange, wie es um sie beide stand. Wie das klang: *sie beide*. Streng genommen hatte es das nie gegeben. Mehr so ein *ihn* und *mich*, dachte Kramer und schüttelte den Kopf. Es tat weh, Christoph um sich zu haben, ihn zu sehen, wenn er lachte, wo es bei ihm im Grunde doch nichts mehr zu lachen gab. Er könne das nicht mehr, sagte Kramer eines Tages zu Christoph, er brauche Abstand. Vielleicht ginge es in ein paar Wochen wieder. Die Zeit heile ja bekanntlich alle Wunden und so weiter, das ganze Gelaber. Und Christoph? Der zeigte dafür natürlich Verständnis, drückte ihn und wünschte ihm viel Glück.

Heilte die Zeit wirklich alle Wunden? Funktionierte das mit dem Vergessen so einfach? Kramer war sich da nicht so sicher. Sein Kopf war voll von unnützem Wissen, das sich irgendwann einmal Zugang zu seinem Hirn verschafft hatte und das er bis heute nicht losgeworden war. Wollte jemand wissen, was das Lieblingsgericht von Boris Becker war, zur Zeit, als er mit siebzehn in Wimbledon gewann, dann musste er nur Kramer fragen und bekam zu hören, dass es mit Hackfleisch gefüllte Paprika von Mutter Elvira waren. Noch heute wusste er, dass der Silas-Darsteller Patrick Bach mit achtzehn Jahren einen Alfa Romeo gefahren hatte und dass Franziska van Almsick nicht gern in Seen schwamm, weil da der Grund nicht zu sehen war und sie Angst vor Fischen hatte, oder zumindest so ähnlich. Die Information, dass Wesley Snipes als Tänzer im *Bad*-Video von Michael Jackson mittanzte, konnte er hin und wieder auf Partys zum Besten geben und erntete ein ungläubiges «Echt?» oder «Ach was ...».

Noch heute konnte er sich an den Wortlaut so mancher seiner Hörspielkassetten erinnern, die er - auf dem Boden seines Kinderzimmers liegend - als Kind so gern gehört hatte. *Bibi Blocksberg* gehörte dazu, und *Benjamin Blümchen*, aber auch *TKKG* und *Fünf Freunde*.

Da gab es zum Beispiel die Folge, in der sich Bibi Blocksberg in Joachim, einen älteren Schüler ihrer Schule, verliebte und eine ganze Reihe dummer Ideen ausprobierte, um den Angebeteten für sich zu gewinnen. Dabei hatte alles so harmlos angefangen, denn Joachim tauchte zu Beginn der Folge mir nichts, dir nichts auf dem Schulhof auf und fragte ganz ungeniert, ob er mal von Bibis Pausenbrot abbeißen dürfe. Kramer war genau wie Bibi von Joachims sonorer Stimme entzückt, die durch den Lautsprecher seines tragbaren Kassettenrekorders direkt in sein Ohr gelangte.

Bis zu diesem Zeitpunkt war Kramer sich eigentlich sicher gewesen, dass er niemanden, der ihm einfach so von hinten auf die Schulter tippte, in sein Negerkussbrötchen beißen ließe, doch im Falle von Joachim wäre vielleicht auch er schwach geworden. Bei Christoph sowieso, das war klar. Bei Bibi jedenfalls hatte der Blitz eingeschlagen und so ließ sie Joachim kurzerhand mal ran an die Teigware.

Dass Bibi schließlich ebenso einen Korb bekam wie Kramer von Christoph, lag wohl weniger daran, dass das Pausenbrot mit Spinnenbeinen belegt war, als an Bibis aufdringlichen Anmachversuchen. Und so sah sie am Ende keinen anderen Ausweg, als Joachim zu verhexen.

Kramer lächelte. Das alles kam ihm vor, als wäre es erst gestern gewesen. Und so ganz falsch war das auch nicht, denn als er neulich zu Hause bei seinen Eltern war, hatte er die Kassette hervorgekramt und sie zum Einschlafen in den alten Rekorder geschoben. Kurz nach der schwülstig-überladenen Liebes-Tirade, die der schöne, nunmehr verhexte Joachim am Ende vortrug, war er eingeschlafen. Dabei konnte sich Kramer genau an den Wortlaut erinnern, und er begann vor sich hin zu murmeln:

«Bibi, Geliebte! Hach, hab ich mich nach dir gesehnt! Ohne dich kann ich mir mein Leben nicht mehr vorstellen! Ich kann nicht mehr schlafen, nicht mehr essen. Ich muss nur noch in deiner Nähe sein! Hier! Tausend rote Rosen hab ich dir mitgebracht! Alle selbst geklaut aus dem Stadtpark! Komm, lass mich deine Hände küssen – schmatz schmatz –, deine entzückenden kleinen Hände! Lass mich in deinen Haaren wühlen und deine reizenden Bäckchen streicheln! Nie wieder will ich ein anderes Mädchen nur ansehen! Oh, liebste Eltern meiner Angebeteten! Ich muss heute Nacht Ihre reizende Tochter entführen. Denn ohne sie kann ich nicht mehr atmen. Meine Liebe ist so stark, es ist einfach nicht auszuhalten!

Ich hole dir den Mond vom Himmel und alles, was du willst! Hinfort fliegt die Nacht, meine Geliebte, und ich mit ihr. Auf einem weißen Schimmel werden wir reiten und deine entzückenden Arme werden meine Taille umschlingen, wenn wir den Himmel durchfliegen ...!»

Kramer nahm einen tiefen Schluck Bier. All das waren Erinnerungen, die sich wie Parasiten in seinem Gehirn festgebissen hatten. Zu nichts zu gebrauchen, Ballast, mit einer Halbwertszeit wie eine Tonne Atommüll, der den Speicherplatz für sinnvolleres Gedankengut versperrte. Wissensinhalte, die Areale in seinem Kopf belegten, wo nach Kramers Überzeugung eigentlich viel wichtigere Dinge Platz finden sollten, wie zum Beispiel Einsteins Relativitätstheorie, die Formel für den Weltfrieden oder eben der Schlüssel zum Geheimnis der Liebe, den er einfach nur umdrehen musste, damit Christoph ihn endlich liebte. Denn wenn er es mit Joachims Liebes-Tirade versuchte, da war sich Kramer sicher, wäre Christoph schon nach den ersten Sätzen auf und davon.

Eine Defragmentierung wäre eine gute Sache, um den ganzen Müll, von dem Kramer annahm, dass er drei Viertel seiner Gehirnkapazität be- und lahmlegte, loszuwerden. Proaktive Interferenz nannte die Psychologie den Zustand, in dem früher Gelerntes die Aufnahme des später zu Lernenden irgendwie behinderte. Das hatte er zumindest einmal nachgeschlagen, als er sich mal wieder über die geringe Aufnahmefähigkeit seines Gehirns ärgerte und heulend vor Wut auf dem Boden lag und mit den Fäusten auf den Dielenfußboden hämmerte. Da lernte er gerade für die Psychologieprüfung und es wollte ihm partout nicht gelingen, wesentliche Merkmale der drei Gedächtnissysteme zu behalten, die ganz sicher in der bevorstehenden Examensprüfung abgefragt werden würden. Ob der Begriff wirklich stimmte, wusste er allerdings nicht mehr so genau. Er hatte es vergessen.

Wie sollte er die Sache mit Christoph aus dem Kopf kriegen? Ihm war zum Heulen zumute, aber nicht einmal das bekam er hin. Er konnte nicht weinen, hatte es noch nie gekonnt, und mit zunehmendem Alter fiel es ihm immer schwerer. Zwar bekam er hin und wieder im Kino feuchte Augen, was bewies, dass seine Tränendrüsen einwandfrei funktionierten, aber richtige Tränen waren das nicht. Das letzte Mal, dass er echte Tränen geweint hatte, war Jahre her. Und so richtig zählte das auch nicht, denn die Tränen waren Folgen eines Verkehrsunfalls. Er war Zivildienstleistender beim Paritätischen Wohlfahrtsverband und erst zwei Monate dabei gewesen, als in einer 30-Stundenkilometer-Zone ein grüner Mazda 626 seine Essen-auf-Rädern-Tour jäh beendete. Der weiße Polo, in dem er saß, hatte Totalschaden. Um ihn herum lagen aufgesprungene Essensboxen, Joghurtbecher und tiefgekühlte Menüs für das Wochenende. Die Luft im Wagen war barschfiletgeschwängert, denn es war Freitag, und aus den Radioboxen gellte leiernd Kylie Minogues *I should be so lucky*. Er saß nur da und weinte. Erst war es ein leises, vornehmes Schluchzen. Doch als die ersten Passanten an die Scheibe klopften, entwickelte sich daraus ein nicht enden wollendes, jämmerliches Heulen, das nur zum Luftholen kurz unterbrochen wurde. Mit verrotzter Nase und zitternder Stimme versuchte er den inzwischen herbeigeeilten Polizisten den Unfallhergang zu schildern, doch denen schien es sichtlich schwerzufallen, ihm zu folgen. Sie reagierten genervt, als er keine Anstalten machte, sich zu beruhigen. Tief durchatmen solle er. Doch das war leichter gesagt als getan. Nachdem er schon am Vortag mit einem Seat Cordoba zusammengestoßen war, befürchtete er nämlich, dass er die restlichen zehn Monate seines Zivildienstes nun doch in einem Altersheim ableisten musste.

Im Krankenhaus hieß es später, er habe einen Schock. Ansonsten war nicht viel passiert.

Und sosehr er es sich wünschte, viel geschah auch jetzt nicht. Nicht eine Träne rollte ihm filmreif über die Wange. Vielleicht war es auch nur eine Frage der Inszenierung. Was fehlte, war wahrscheinlich ein wenig Musik, dachte Kramer. Mit passender musikalischer Untermalung saßen die Tränen bestimmt lockerer. Das Hollywood-Prinzip funktionierte auch bei Nachrichten. Das hatte er durch Zufall herausgefunden, als er während der Tagesschau im Hintergrund klassische Musik hatte laufen lassen. Selbstmordattentat im Hindukusch, Angriff auf eine ISAF-Schutztruppeneinheit in Afghanistan - wo sich sonst nur Abstumpfung und Überdruss bei Kramer meldeten und ihn zum Umschalten bewegten, war plötzlich Betroffenheit und Mitgefühl. Rachmaninows Opus 21 Nr. 7 sei Dank.

Also klappte er seinen Laptop auf und durchforstete den Musikordner, der mittlerweile aus 1.897, meist illegal downgeloadeten Titeln bestand. Von Celine über Mariah bis zu Whitney, es war eigentlich alles dabei, was das gebrochene Herz begehrte. Zum Teil sehr schlicht, das wusste Kramer. Doch was sollte er machen? Als Kind der Achtziger- und Neunzigerjahre war er an Belanglosigkeit gewöhnt, eine seichte Zeit, ohne große Probleme und Konflikte, es sei denn, man machte sich selber welche. Er jedoch hatte weder heroische

Ideale noch heldenhafte Visionen, wusste nicht, wogegen er war, und erst recht nicht, wofür, mal abgesehen von coolen Klamotten, rumhängen und in den Sommerferien an die Nordsee fahren.

Er war ein politischer Abstinenzler, mit einem ausgesprochen indifferenten Meinungsbild zu politischen Fragestellungen. Kramer genoss lieber hedonistische Freuden, setzte sich vor den Fernseher oder an seinen alten Supernintendo und kämpfte gegen Donkey Kong und Zelda statt gegen Apartheid, Walfang oder Atomkraft.

Auflehnung war ihm seit jeher viel zu anstrengend. Im Winter war es zu kalt und im Sommer zu heiß. Kramer ging dann lieber zum Baden und schwamm mit im Strom der Gleichgültigen. Davon gab es genug Ende der Neunziger, in einer Mir-doch-egal-Generation, die nach dem Motto «Und in China fällt ein Sack Reis um» lebte, nur unbeteiligt dasaß und nix tat. Da half es auch nicht, dass Michael Jackson vehement an ihr Gewissen appellierte. Das banale Gejammere in *They don't care about us*, die Anklagen im *Earth song* oder auch Sandras halbherzig gecovertes *Hiroshima* animierten ihn eher zum Tanzen, als sich ernsthaft mit den globalen Problemen auseinanderzusetzen, die sie ihm einzusingen versuchten. In den meisten Fällen bewahrte ihn ohnehin seine Vier in Englisch davor, die Message der Songs zu entschlüsseln. So wurde ihm auch erst mit siebzehn klar, als er es in Englisch immerhin auf eine Drei minus geschafft hatte, dass Terence Trent d'Arby 1988 nicht etwa «Sergeant Major cross my heart» sang, sondern viel poetischer auszudrücken versuchte, dass sein Herz den Namen einer ganz bestimmten Frau tragen sollte.

Auch die *Bravo*, die Kramer mehrere Jahre im Abo bezog, hatte ihr schwarz-rotes Layout mittlerweile aufgegeben und unternahm Versuche, mit Überschriften wie «Stoppt das Robbenschlachten in der Arktis!» und «Stoppt das Delfinabschlachten in Japan» oder mehrfarbig bebilderten Reportagen zur Massentierhaltung ihre pubertierende Leserschar politisch zu sensibilisieren. Kramer fand diese Artikel langweilig und überließ dieses Feld lieber den pessimistischen Ökos der Klasse, die ebenso wie er Außenseiter waren, jedoch Doc Martens statt Chucks trugen und statt Oxbow-Pullovern schwarze Hemden mit Che-Guevara-Aufdruck. Sollten die sich doch vor einen Panzer hocken oder nachts irgendwo bei Vechta Hühner befreien. Er dagegen blätterte lieber weiter zur Foto-Lovestory oder las gebannt die Seiten, wo es um nackte Tatsachen ging, beispielsweise wenn Timo, 16, sich mit dem Selbstauslöser nackig fotografierte und im Interview steif und fest behauptete, schon mit mehr als zwanzig Frauen geschlafen zu haben.

Er erinnerte sich, dass er und seine Mitschüler 1991 auf die Straße gegangen waren, um gegen den Golfkrieg oder Saddam Hussein zu demonstrieren, oder für die Menschen im Irak? So genau wusste er das nicht mehr. Er war nur mitgegangen, weil es schulfrei gab. Die Schulleitung hatte es sogar befürwortet, und die Altachtundsechziger, damals noch stark im Kollegium vertreten und gerade von ihrer Berlinreise heimgekehrt, wo sie sich mit ihrem Hämmerchen eigenhändig ein kleines Stückchen der Berliner Mauer herausgehämmert hatten, marschierten stramm vorneweg, während eine Horde missgelaunter Schüler ihnen lustlos folgte.

Noch heute hielt sich Kramers politisches Interesse in Grenzen. Morgens vor der Schule las er keine Zeitung, sondern schaltete das ARD-Frühstücksfernsehen an, und wenn es ganz schnell gehen musste, weil sein Wecker wieder einmal versagt hatte, dann nutzte er sein neues Tagesschau-App auf dem Handy, um sich in hundert Sekunden einen Überblick über die wesentlichen Vorkommnisse zu verschaffen.

Auf diese Weise war es ihm bisher immer gelungen, bei seinen Schülern den Eindruck zu wahren, er verfüge über politischen Weitblick und sei auf dem neusten Stand. Nach wie vor war es ihm allerdings ein Graus, wenn er in eine politische Diskussion geriet, die neben fundierten Kenntnissen auch Argumente und Überzeugungen verlangte. Dies geschah zumeist dann, wenn er unbedacht in einem Nebensatz erwähnte, dass er die *Welt am Sonntag* las oder wieder einmal nicht zur Wahl gegangen war, weil er in der Nacht zuvor zu lange gefeiert und einfach keine Lust gehabt hatte, so früh aufzustehen, ergänzt durch Aussagen wie «Die da oben machen ja ohnehin, was sie wollen» oder «Ich als kleiner Bürger kann da ja eh nichts dran ändern», Behauptungen, die er sich aus Fernsehinterviews mit frustrierten Wählern jenseits der sechzig abgeguckt und im naiven Glauben nachgeplappert hatte, danach in Ruhe gelassen zu werden. Stattdessen fielen Sätze wie «Wer nicht wählt, wählt rechts» oder «Du bist Demokratie». Meistens waren es die Weltverbesserertypen, entweder in der coolen St.-Pauli-Variante mit Merchandising-Schal und Totenkopf-Pullover, oder aber die Klischeeversion in Fair-Trade-Strickpullovern und Jesuslatschen, die dann auf ihn einredeten, als ginge es darum, den verlorenen Sohn nach Hause zu geleiten.

Es gab viele Gründe, warum er sich nicht für Politik interessierte. Politik bestand in seinen Augen aus einem Haufen fauler Kompromisse, und diejenigen, die sie eingingen, waren einfältige, profilierungssüchtige Pappnasen in schlecht sitzenden Anzügen, denen jedes Mittel recht war, um ins Amt zu kommen oder drin zu bleiben. Seit ein paar Jahren versammelten diese Typen sich nicht mehr nur unter parteifarbenen Sonnenschirmen vor Supermärkten und Postämtern, streichelten Kinderköpfe und schüttelten Hände, sondern sie tummelten sich auf bunt geschmückten Wagen auf dem Christopher Street Day, um Volksnähe zu demonstrieren und einen mit Bonbons zu bewerfen, sofern sie diese nicht in einem unbeobachteten Moment lieber selber futterten.

Diese Gier nach Macht und Bonbons konnte Kramer nicht ausstehen, ebenso wie die Borniertheit mancher Bonzen, die anscheinend wirklich glaubten, mit dem Öffnen des obersten Knopfes ihres Drei-Knopf-Sakkos von Studio Coletti das Maß an Lässigkeit zu erreichen, das sie beim Stimmenfang so dringend benötigten. Umso besser gefielen ihm Auftritte, bei denen die einstudierte Souveränität bröckelte und aus coolen Politikern wutschnaubende Furien wurden, wie etwa am 10. Mai 1991, als Helmut Kohl vor dem Rathaus zu Halle die blühenden Landschaften des Ostens und gleichsam sich selbst vergaß und wutentbrannt mit Eiweiß im Haar auf die Menschen zuraste, die von Glück reden konnten, dass ein Absperrgitter sie vom Kanzler der Einheit trennte. Kramer liebte es, sich in trüben Stunden diesen Clip auf YouTube wieder und wieder anzusehen.

Kramer blieb politikverdrossen, da halfen auch keine Slogans wie «Du bist Deutschland», die ihm das gute Gefühl geben sollten, er könnte mitbestimmen, in welche Richtung es weiterginge. Schließlich war nicht das Können sein Problem, er *wollte* nicht. «Die da oben» sollten ruhig machen. Taten sie doch ohnehin, und Kramer war's egal. Sich aufregen, weil mal wieder irgendjemand dienstlich angesammelte Bonusmeilen für Privatreisen nutzte oder Zitate in seiner Doktorarbeit nur sehr nachlässig mit Fußnoten belegte? Wutschnauben, weil wiederum ein anderer sein Eigenheim im Speckgürtel Hannovers mithilfe eines Kredites von Freunden finanzierte? Och nö, das kam Kramer nicht in den Sinn, da konnte die *Bild*-Zeitung noch so lang versuchen, ihm ihre fadenscheinigen Moralvorstellungen zu oktroyieren. Wahrscheinlich würde er es ganz genauso machen. Schön mit den Bonusmeilen an die Costa Blanca fliegen und sich gleich noch den Dienstwagen hinterherschicken lassen. War doch klar, dass man einer S-Klasse mit Chauffeur den Vorzug gab, statt sich selber hinter das Steuer eines Nissan Micra von Avis zu setzen.

Sowieso hielt es Kramer nicht so sehr mit der Moral. Für 'ne schlappe Million mit jemandem in die Kiste steigen, das, so gab er des Öfteren zu verstehen, würde ihn keine großartige Überwindung kosten. Er habe nie verstanden, wie Adrian Lyne aus diesem simplen Stoff einen abendfüllenden Spielfilm machen konnte. Hallo? Wo lag denn bitte schön das Problem? Es gab nun wirklich Schlimmeres, als sich eine Nacht mit Robert Redford zu amüsieren und dafür auch noch das Haushaltsgeld ein wenig aufzubessern.

Gerade angesichts des angespannten Wohnungsmarktes und der Vorstellung, was für ein geiles Loft er sich für das viele Geld kaufen würde, ja, und vielleicht auch noch ein cooles Auto und ein bisschen Spekulation am Aktienmarkt, lief Kramer nur ein mäßiger Schauer über den Rücken, wenn er sich vorstellte, dass es vielleicht nicht Robert Redford, sondern ein SPD-Parteivorsitzender oder FDP-Politiker war, die es sich unter seiner Bettdecke gemütlich machten.

Eine nach allen Seiten offene Wertehaltung machte aus Kramer einen unbeteiligten Beobachter, der nur selten über etwas den Kopf schüttelte oder die Nase rümpfte. Im Grunde konnte er sich eine zu extrovertierte politische Haltung als Lehrer auch gar nicht leisten, denn das Gebot der politischen Neutralität war ein hohes Gut in der schulischen Erziehung und Kramers grundsätzliche Scheißegal-Haltung in diesem Sinne sogar von Nutzen. Die Schüler sollten sich schließlich unvoreingenommen eine eigene fundierte Urteilsfähigkeit aneignen und ein differenziertes sowie sach- und problemorientiertes Weltbild ausbilden, so stand es zumindest in den Rahmenrichtlinien, die irgendwo in Kramers Billy-Regal lagen und immer nur dann hervorgezogen wurden, wenn es darum ging, eine weitere Quelle für die Unterrichtsentwürfe zitieren zu können.

In Kramers Umfeld war Politik nie ein großes Thema gewesen. Bis zum 11. März 2011. Ein Einschnitt für die Welt, hatte die Kanzlerin gesagt, und einige Freunde von Kramer empfanden es genauso. Die Welle des Tsunami war bis in ihr Wohnzimmer geschwappt, und die Nachrichten von einem möglichen Supergau sowie die Gefahr, dass sie demnächst kein Nigiri, Maki und Sashimi mehr essen konnten, ließen sie politisch aktiv werden. Im Facebook-Zeitalter eine ganz einfache Sache, ohne nass zu werden und ohne Abtransport durch die Polizei. Auf die Straße gehen oder sich an Bäume ketten, das war vielleicht etwas für aufmüpfige Schwaben; sie begnügten sich damit, bei Facebook politisch motivierten

Gruppen beizutreten oder sich «Atomkraft? – Nein danke!»-Apps downzuloaden, um ihr Profil zu einem Statement zu machen und ihr Gewissen zu beruhigen. «ATOMKRAFTWERKE SOFORT ABSCHALTEN», posteten sie in Großbuchstaben in ihr Profil, stellten sich aber nicht die Frage, woher denn dann der Strom für ihre zwei iPhones, den iMac und ihr i-und-alles kommen sollte.

Es waren Menschen, bei denen Kramer lange überlegen musste, um herauszufinden, warum er überhaupt mit ihnen befreundet war. Menschen, die ihr ökologisches Bewusstsein im SUV spazieren fuhren und nicht müde wurden, Kramer vorzubeten, wie wichtig doch regenerative Energiequellen seien, gerade nach Fukushima. Das Reaktorunglück hätte noch einmal gezeigt, wie wichtig das alles war, Thema Nachhaltigkeit und so. Schließlich hätten sie die Welt nicht von ihren Eltern geerbt, sondern nur von ihren Kindern geliehen, wetterten sie weiter. Warum denn er, Kramer, bei Facebook noch nicht der Gruppe «Windkraft» beigetreten sei, man müsse doch jetzt ein Zeichen setzen. Kramer war von ihrer heuchlerischen Kurzzeitbetroffenheit schließlich so angewidert, dass er sie aus seiner Freundesliste entfernte.

Ratlos durchsuchte er seine iTunes Mediathek nach einem geeigneten Song. Früher hatte er sich häufig für die Musik geschämt, die er hörte, doch heute war ihm das wie so vieles andere einfach nur egal. Überhaupt hatte so mancher Interpret, den er früher nur heimlich und ganz leise hörte und dessen CDs er sogar versteckt hatte, wenn jemand ihn besuchen kam, an Peinlichkeit verloren. Hits von Sandra oder Samantha Fox weckten nun Erinnerungen in fast allen von ihnen, wehmütige Erinnerungen an den ersten unbeholfenen

Kuss im Dörfergemeinschaftshaus, die erste eigene Fahrt im Wagen der Eltern oder den ersten schwer betrunkenen Sonnenuntergang am Baggersee. Die Songs machten aus ihnen tanzende Verbündete, und einige davon waren längst zu Hymnen geworden, zu denen sie mitgrölten und sich am Ende glückselig in den Armen lagen. Es verhielt sich ähnlich wie mit der Komödie. Sie war im Grunde nichts weiter als Tragödie plus Zeit, zumindest hatte das Woody Allen mal behauptet und Kramer fand, das passte.

Er ließ den letzten warmen Tropfen Beck's seine Kehle hinunterlaufen und drückte die Play-Taste. *Tausendmal du* von der Münchener Freiheit. Ein herrlich profanes Lied zu einem schrecklich banalen Leben, dachte Kramer. Er ließ den Titel im Repeat-Modus laufen, aber die Tränen kamen nicht. Das Weinen wollte ihm auch jetzt nicht gelingen. Kein Schluchzen, kein Wimmern. Es war zum Heulen.

Beck's #3 (0,4–0,6 ‰)

Leise summend brachte Kramer die leere Flasche in die Küche, während im Hintergrund der Song langsam ausfadete. Es war dieser balladenlastige Musikgeschmack, der Kramers älteren Bruder schon früh dazu veranlasst hatte, überall zu behaupten, sein jüngerer Bruder sei schwul. Dass Kramer außerdem jeden Freitagnachmittag auf seinem weißen Mädchenfahrrad zum Jazzdance fuhr und die Wände seines Kinderzimmers mit Sascha-Hehn-Postern tapezierte, bestärkte ihn in dieser Annahme.

Sein Bruder hörte lieber Haddaway oder Culture Beat aus den 500-Watt-Boxen seines tiefergelegten Honda Civic, mit dem er fast täglich ins Fitnessstudio brauste und an den Wochenenden in die Großraumdiscos der Region, um dort Mädchen in Buffalos und Kuhfellhosen zu beeindrucken. Dies gelang ihm zweifelsohne, und seine Bumsbilanz war schier beeindruckend. In wenigen Jahren hatte er sich bereits einen Ruf erschlafen, der weit über die Grenzen des Landkreises hinausreichte und sogar den Landadel einschloss. So prahlte er nicht nur damit, dass er kurz nacheinander die amtierende Grünkohlkönigin und die Blütenkönigin auf der Motorhaube flachgelegt, sondern auch der frisch gekürten Miss Spargel beim Stechen geholfen hatte. Dabei grinste er über beide Ohren und trommelte sich auf die frisch rasierte Brust.

Kramer war damals gerade zwölf und die Geschichten seines Bruders beunruhigten ihn nicht weiter. Er blätterte lieber in der Silvia-Seidel-Biografie *Anna und ich* oder den Büchern zur ZDF-Weihnachtsserie *Anna* und *Anna Ballerina* von Justus Pfaue. Wenn er nicht gerade die gläserne Vitrine, die in seinem Zimmer stand, dekorierte. Zwei pinke Joy-Gläser der Firma Leonardo standen darin, inklusive achteckiger pinkfarbener Untersetzer und Cocktailrührer in gleicher Farbe. Darüber hatte Kramer buntes Konfetti gestreut, und ein Paar Spitzenschuhe seiner Cousine vervollständigten die Dekoration, ein Gesamtkonzept, das durch das Bild einer Ballerina im Tutu abgerundet wurde.

Seine Eltern waren dennoch nie ernsthaft auf die Idee gekommen, dass er schwul sein könnte, auch nicht, als er Pirouetten drehend durchs Wohnzimmer eilte und dabei laut Guillermo Marchenas *My love is a Tango* trällerte. Sie applaudierten gar und attestierten ihm ein gewisses Showtalent, das er sicher gebrauchen könnte, wenn er später in ihre Fußstapfen treten und die Lehrerlaufbahn einschlagen würde.

Außerdem war sein Vater mit anderen Fragen beschäftigt: Sollte er Laminat oder doch echtes Parkett im Wohnzimmer verlegen? Zuerst die Steinplatten auf der Auffahrt mit dem neuen Kärcher-Hochdruckreiniger säubern oder das Bad neu fliesen? Hecke schneiden, Dachziegel erneuern, Winterreifen aufziehen, Holz für den Kachelofen hacken – alles schien wichtiger als die Frage, warum sein jüngster Sohn noch keine Freundin mit nach Hause brachte.

Das Kreischen von Kreissäge, Bohrmaschine oder Akkuschrauber verhinderte mehr als einmal ein ausführliches Gespräch zwischen den beiden. Hinzu kam eine gewisse

Schwerhörigkeit seines Vaters, die Kramer viel Geduld abverlangte und die Kommunikation zwischen ihnen erheblich beeinträchtigte. Dabei litt sein Vater nicht etwa an einer klassischen Schwerhörigkeit, sondern an einer Hypakusis ignorantiae, an der die meisten Väter litten, um familiären Problemen aus dem Weg zu gehen. Im Grunde hörte sein Vater nämlich ganz gut, aber eben auch gerne einmal weg, wenn es ihm zu kompliziert oder zu langweilig wurde.

Es sollte Jahre dauern, bis Kramer mit Mitte zwanzig dem Außenseiterdasein seines Vaters ein Ende machte und ihn in sein schmutziges Geheimnis einweihte.

«Du wirst dich sicher gewundert haben, warum ich nie ein Mädchen mit nach Hause gebracht habe», sagte er ihm eines Tages, als die Zeit günstig war. Kramer hatte wieder mal ein Wochenende in seiner Heimatstadt verbracht und sein Vater hatte ihn zurück zum Bahnhof gefahren. Es war eine Kurzschlussentscheidung, die Kramer beim Entladen des Kofferraums traf. Etwas verstört saß sein Vater hinterm Steuer der zwölf Jahre alten C-Klasse Touring und wusste nicht so recht, was nun auf ihn zukommen würde. Kein Rasenmäher, der ihm helfen konnte, keine Kreissäge, die nach ihrem Einsatz verlangte. Nur der Motor lief, ein Dieselmotor, der zu leise war, um das Gespräch zu übertönen. Kramer fuhr fort: «Ich *werde* auch nie ein Mädchen mit nach Hause bringen, es ist nämlich so ...» Kramer stockte.

Zwei große, ratlose Augen guckten ihn an. Dann hellte sich die Miene seines Vaters plötzlich auf und er lächelte. «Menschenskinder, du bist mir ein Pflaumenaugust! Jetzt wäre ich doch glatt drauf reingefallen.»

Kramer seufzte. Als ob das Coming-out seinem eigenen Vater gegenüber nicht schon schwer genug wäre, nein, jetzt glaubte der ihm auch noch kein einziges Wort. Es war zum Verzweifeln. Über die Lautsprecher vernahm er, dass die Deutsche Bahn soeben seinen Zug bereitgestellt hatte. Der Moment war also günstig, sich einfach davonzustehlen, statt stotternd nach weiteren Erklärungen zu suchen und seinem Vater klarzumachen, wie es um seine sexuellen Präferenzen stand. Sollte seine Mutter doch die restliche Arbeit übernehmen, dachte sich Kramer und verwies seinen Vater darauf, sich bei weiteren Fragen an sie zu wenden, dann nahm er seinen türkisen Trolley und verschwand im Bahnhofseingang.

Nicht das mutigste und wohl auch nicht das umfassendste Coming-out, in dem Wörter wie schwul oder homosexuell nicht einmal ansatzweise auftauchten, aber es reichte aus, um seinen Vater über seinen kleinen genetischen Defekt in Kenntnis zu setzen. Reden taten sie allerdings bis heute nicht großartig über die «Sache». Was wohl auch nicht anders gewesen wäre, wenn er ihm erzählt hätte, er sei jetzt mit einer Frau oder einem Hobbit zusammen, dachte Kramer. Seinem Vater war wichtig, dass es ihm gut ging, wer dafür sorgte oder es verhinderte, war Nebensache.

Seine Mutter war da ganz anders. Sie gehörte zu den *Sorge dich nicht, lebe!*-Müttern, wollte ständig helfen und gab vielfach Ratschläge, wo man gern selbst Fehler gemacht hätte. In ihrer jahrzehntelangen Ehe mit seinem konfliktscheuen Vater, der lieber seine Ruhe als recht hatte und mit dieser Einstellung über die Jahre ganz gut gefahren war, hatte sie nie gelernt eine Streitkultur zu entwickeln und reagierte von daher schnell beleidigt, wenn Kramer sich ihr widersetzte.

Lehnte er ihre Hilfe ab, so reagierte sie darauf, indem sie

nicht mehr mit ihm redete, des Öfteren griff sie sogar zur Schere. Nicht, um ihm die Augen auszustechen, nein, vielmehr um in einer akribischen Schnippelaktion aus der Tageszeitung oder der *Apotheken Umschau* geistreiche Sinnsprüche und Aphorismen auszuschneiden und sie an Orten zu platzieren, wo er rein zufällig auf sie stoßen musste. Auf diese Weise erfuhr er Dinge, die sie ihm nicht mehr sagen wollte, schriftlich, zum Beispiel, dass ein Tag ohne Lächeln ein verlorener Tag war oder dass derjenige, der Hilfe nicht annahm, auch niemals Hilfe geben könne.

Kramer nervten diese pädagogischen Bekehrungsversuche, und ein ums andere Mal bediente er sich der gleichen Methode, um seiner Mutter zurückzumelden, dass er ihre Meinung nur bedingt teilte. So hatte der Sinnspruch «Immer zur Stelle zu sein bedeutet auch, oft im Weg zu stehen» erst vor einigen Wochen dafür gesorgt, dass seine Mutter die bereits bestehende Funkstille um weitere drei Tage ausdehnte. Und wahrscheinlich hätte sie auch noch länger durchgehalten, wenn nicht der siebzigste Geburtstag seines Vaters kurz bevorgestanden hätte und die Vorbereitungen des Festes, die unter anderem die Fertigstellung einer Powerpoint-Präsentation mit Bildern aus dem Leben seines Vaters beinhalteten, eine Wiederaufnahme der Gespräche notwendig gemacht hätten.

Ein wenig mehr Egoismus hätte ihr gutgetan, um sich auch mal mit sich selbst zu beschäftigen und das eigene Verhalten zu reflektieren, doch dieser Wunsch blieb unerfüllt und seine Mutter gefangen in einem Kokon aus Nächstenliebe und Besserwisserei. Eine Robin Hood der Herzen, die sogar den Aussagen der freundlichen Dame aus dem Navigationsgerät misstraute und sich lieber auf eigene Faust auf den Weg machte, um ihnen am Ende stolz unter die Nase zu reiben, dass sie mal wieder recht gehabt hatte.

So war es nicht verwunderlich, dass sie seine Enthüllung, die er aufgrund seiner Erfahrungen als nebenberuflicher Callcenter-Mitarbeiter eines Marktforschungsinstitutes und nicht zuletzt aus Angst vor einer direkten Konfrontation telefonisch übermittelte, zunächst nicht ernst nahm. Während er herumstammelte und -druckste, bereitete sie gerade das Abendbrot zu und ließ sich vom Inhalt des Gesprächs in keiner Weise aus der Ruhe bringen. Sie lauschte seinen Ausführungen über das Recht, anders sein zu dürfen, und dass es eigentlich doch nur darauf ankomme, glücklich zu sein im Leben, und dass sie ihn immer lieb gehabt hätten, egal, was er angestellt hatte. Und als er endlich «... so und deswegen, Mama, möchte ich dir heute mitteilen, dass ich schw...» über die zitternden Lippen herauszupressen versuchte, klang ihm von der anderen Seite der Leitung entgegen: «Du, ich leg mal kurz den Hörer zur Seite. Ich muss eben Papas Eier aus dem Kochtopf nehmen. Du bleibst dran, ja?!» Dann hörte er nur noch ein Scheppern und Klirren, den Wasserhahn, den sie auf- und zudrehte. Wenig später war sie wieder am Hörer. «So, da bin ich wieder. Wo waren wir stehen geblieben?»

«Ähm, joa ... also eigentlich wollte ich dir nur sagen ...», sprach Kramer zögerlich weiter.

«Ach so, du wolltest mir sagen, dass du schwul bist. Willst mich wohl verhohnepipeln, was?», antwortete Kramers Mutter seelenruhig und gab ihm damit unmissverständlich zu verstehen, dass sie offenbar besser wusste, ob er schwul war oder nicht.

Schubladendenken und Stereotypisierung waren ihr fremd, und so erinnerte sie ihn daran, dass er so gut mit Frauen könne, und überhaupt, er sei doch mit so vielen hübschen Mädchen befreundet. Ihrer Meinung nach handelte es sich lediglich um eine experimentelle Phase, in der er sich nicht so viele Gedanken machen und ruhig einmal ausprobieren sollte. Munter sprach sie weiter: «Weißt du, ich selber hab mal, als ich in deinem Alter war, die Ulla ...»

«Mama, ist gut!», unterbrach sie Kramer. «So genau will ich das eigentlich gar nicht wissen.»

«Na, ihr nun wieder. Das ist ja nun Kokolores. Tut immer so aufgeklärt, und wenn man dann mal die Dinge beim Namen nennt, dann seid ihr gleich pikiert. Na gut, Papa wartet schon. Gibt's sonst noch was?» Kramer verneinte. «Na, dann mach dir noch einen schönen Abend», rief sie in den Hörer, «und ruf doch auch mal wieder Tante Inge an. Du weißt doch, die freut sich, wenn du dich bei ihr meldest. Sie ist doch deine Patentante.»

«Ja, ja ... mach ich», antwortete Kramer. Dann legte seine Mutter auf.

Regelmäßig erkundigte sie sich danach, ob er ihren Ratschlag befolgte und sich ausprobierte. Sehr viel hatte er nicht zu berichten, dennoch merkte auch sie bald, dass die Zeit des Ausprobierens einem chronischen Zustand gewichen war. Sie entschloss sich also, dem Ganzen auf den Grund zu gehen, kaufte Bücher, besorgte im Rosa Café des Ortes Broschüren und lieh sich populärwissenschaftliche Abhandlungen aus, um Licht in den Darkroom «Homosexualität» zu bringen.

Er erinnerte sich, dass sie ihn eines Tages anrief und ihm stolz versicherte, sie wisse nun, auf welche Art und Weise er homosexuell geworden war. Sein Vater sei schuld daran, und gut, auch sie trüge eine gewisse Mitverantwortung. Sie sei in der Beziehung mit seinem Vater zu dominant gewesen, während dieser gar nicht erst versucht habe, sich gegen sie durchzusetzen. Dabei hätten dann die Hormone seines Vaters verrückt gespielt oder so und bumms, da war's dann geschehen. Kramer schüttelte lächelnd den Kopf und nahm einen Schluck Bier. So war das also. Hätte sein Vater sich doch einfach mal öfter durchgesetzt, hätte er jetzt nicht so unter Christoph zu leiden.

Nach einer kurzen Zeit des Gewöhnens fand Kramers Mutter einen sehr natürlichen Umgang mit seinem genetischen Defekt, wie er zu sagen pflegte. Sie erzählte stolz ihren Freundinnen aus dem Tennisklub, dass ihr Sohn schwul sei, und gab regelrecht mit ihm an. Ihr Sohn sei ja so kreativ und kulturell interessiert, da könne sich so mancher heterosexuelle Holzklotz eine Scheibe von abschneiden.

Wenn sie für sich Kosmetik kaufte, was selten vorkam, dann kaufte sie nun für ihn gleich mit ein. So durfte er zum einundzwanzigsten Geburtstag einen Abdeckstift von Lancôme sein Eigen nennen und bekam das passende Puder von Margarete Astor gleich dazu. Das sei im Angebot gewesen, teilte sie ihm beim Auspacken ungeniert mit, und er würde dann auch nicht mehr so glänzen wie eine Speckschwarte.

Als Gegenleistung hatte er ihr in Bekleidungsfragen zur Seite zu stehen. So rief sie eines Tages an und wollte von ihm wissen, ob man heutzutage noch zu einer Gartenparty Ballonkleider tragen könne, er als «Homo» hätte davon doch sicher eine Ahnung. Und da er ihr als «Homo» häufig genug zu verstehen gegeben habe, dass sie von Kleidung keine Ahnung habe, könne er ihr ja sicher weiterhelfen und so. Kramer lachte und behauptete kurzerhand, dass Ballonkleider niemals aus der Mode kämen.

Er fuhr nur noch selten, aber eigentlich ganz gerne nach Hause in die Provinz, an Feldern und Äckern vorbei und Wiesen mit schwarz-weiß gefleckten Kühen darauf, in der Gewissheit, dass er mit zunehmendem Güllegehalt in der Luft seinem Zuhause immer näher kam. Länger als ein Wochenende hielt er es jedoch nur selten bei seinen Eltern aus, die mittlerweile in einer bundesgartenschauähnlichen Welt aus Grünlilien, Gerbera und Orchideen lebten, einer Welt, deren florale Üppigkeit von Besuch zu Besuch zunahm und regelmäßig von einem wilden Haufen wertlosen Nippes ergänzt wurde, der zu großen Teilen aus alten Handpuppen, Plüschtieren und Masken bestand, die seine Mutter auf Flohmärkten zusammensammelte. Bei den Blumen handelte es sich allesamt um Pflanzen aus Plastik, die man praktischerweise weder zu gießen noch zu schneiden brauchte und nur hin und wieder mit einem Staubtuch abwischen musste, was seine Mutter jedoch längst vergessen zu haben schien, wie eine fingerdicke Staubschicht auf den Blättern verriet. Kramer war sich beim Anblick dieser skurrilen Scheußlichkeiten nicht ganz sicher, ob er wirklich das Kind des Lehrerehepaares Kramer war oder vielleicht doch das einer rumänischen Hellseherin und ihres Bruders.

Seine Besuche glichen einem Exklusivinterview bei Beckmann: «Nun erzähl doch mal, wir haben uns so lange nicht gesehen. Gut siehst du aus. Endlich wieder ein anständiger Haarschnitt. Geht's dir gut? Hast dich ja gar nicht auf meinen Anruf neulich zurückgemeldet. Schon wieder ein neuer Pullover? Mannmannmann, wie du das alles finanzierst ... Was macht die Liebe? Hast du endlich mal einen Freund? Ach zieh doch bitte gleich die Schuhe aus, Papa hat vorhin erst gewischt. Hier hab ich ein Paar Puschen für dich. Und bring doch den Koffer bitte gleich nach oben.»

Das ließ er sich nicht zweimal sagen, schnappte sich seinen Samsonite-Koffer, von dem seine Mutter beharrlich behauptete, sie hätte erst kürzlich einen ähnlichen, aber deutlich günstigeren bei Tchibo gesehen, und zog sich ins obere Stockwerk zurück, in dem neben dem einstigen Spielzimmer und dem Zimmer seines Bruders noch sein früheres Kinderzimmer untergebracht war. Seine Mutter nannte es mittlerweile stolz ihr Gästezimmer. Und angesichts der Ausstattung des Raumes kam er sich bei jedem Besuch mehr und mehr als Gast oder Besucher vor. Anstelle seiner *Bravo*-Poster hingen Kunstdrucke an den Wänden, und ein verstaubtes Blütenmeer aus Polyester-Margeriten und altrosa Synthetik-Rosen gaben dem Zimmer eine gespenstische Tristesse, wie er sie zuletzt zu seiner Zeit als Zivildienstleistender in den Wohnungen von Essen-auf-Rädern-Kundinnen erlebt hatte, deren Söhne noch Wilhelm oder Adolf hießen.

Sein Bett war in der Zwischenzeit auf dem Sperrmüll gelandet. Es war nicht schade darum, handelte es sich doch um ein schlichtes Bett, Eiche furniert, mit Bettkasten, in dem er sich ein ums andere Mal unruhig unter der Frotteebettwäsche hin und her gewälzt hatte, weil er nicht einschlafen konnte aus Angst vor dem nächsten Schultag und all den Schikanen, die am Morgen auf ihn warteten.

In ebenjenem Bettkasten hatte seine Mutter einst auch ein *Playgirl*-Magazin gefunden, das er Kathrin, einer Tochter aus gutem «Atomkraft? Nein danke»-Zuhause, geklaut hatte. Seine Mutter zeigte sich nicht sonderlich überrascht, und anstatt sich Sorgen zu machen, legte sie das Heftchen vor den Augen seines Bruders und Vaters auf den Mittagstisch, genau neben

Kramers Platzdeckchen, auf dem ein Teller Grünkernsuppe dampfte. Kramer wusste nicht, was schlimmer war. Damit konfrontiert, stotterte er, dass es sich dabei um ein nicht ganz so ernst gemeintes Geschenk für seine Cousine handelte, die - anderthalb Jahre älter als er - sich derartigen Themen nicht verschließen sollte. Dann lobte er die bemerkenswerten Kochkünste seiner Mutter und alles war gegessen.

Dennoch kaufte er sich fortan nur noch unverdächtige Magazine, in denen - die neue Freiheit sichtlich genießend - neben nackten Saschas und Jimmys auch Chantals und Sandys in neongelben Strings auf Motorhauben, vor vergilbten Fototapeten oder hinter sterilen Metalljalousien blankzogen und ein paar Westmark dazuverdienten, nachdem sie das Begrüßungsgeld bereits für ein neues Paar Buffalo Platform Trainer ausgegeben hatten.

Halb belustigt, halb erregt und vollkommen nackt, lag er abends auf dem Bett und durchstöberte das Magazin, bis er auf die Geständnisse einer vollschlanken Sekretärin aus Unna stieß, die sich dem Leser mit kaputter Dauerwelle, Strass-Ohrringen und einer in Herzform und -farbe rasierten und gefärbten Muschi präsentierte. Stolz schwärmte sie im intimen Zwiegespräch von José, einem Kubaner mit XL-Lunte, der, glaubte man ihren versauten Ausführungen, so attraktiv war, weil er so herrlich nach Urwald roch.

Von weiteren Vorurteilen konnte man sich auf der nächsten Seite selbst überzeugen, und es dauerte nicht lange, da hatte José auch Kramers jugendliches Herz in Wallung gebracht.

Sein Bett war einer Schlafcouch mit fragwürdigem Karomuster gewichen, die - so behauptete zumindest seine Mutter - außerordentlich praktisch war. Kramer ließ die ihn umgebende Ruhe auf sich wirken. Seine Mutter vergaß meistens, den Raum vor seiner Ankunft zu heizen, und auf der neuen Schlafcouch lag ein Haufen Bügelwäsche. Eine Horde Stoff- und Kuscheltiere saß auf der Rückenlehne und starrte ihn mit großen Augen an. Zwischen ihnen entdeckte er eine kleine blondierte Tussi mit schulterlangem Haar und unnatürlich langen, schlanken Beinen. Sie trug einen knappen Bikini in der gleichen Farbe wie ihre geschminkten Lippen. Es war die Barbiepuppe, die er sich so lange gewünscht und nach einigem Hin und Her von seinen Eltern geschenkt bekommen hatte. Da war er vier und liebte es, mit einem gleichaltrigen Mädchen aus dem Kindergarten hingebungsvoll die Haare ihrer Pfirsichblütenbarbie mit Apfelshampoo zu waschen. Da er auch mit Autos spielte und mit den Kinderboxhandschuhen, die er zusammen mit seinem älteren Bruder geschenkt bekommen hatte, auf einen im Spielzimmer aufgehängten Sandsack eindrosch, schien dieser Geschenkewunsch seine Eltern nicht zu beunruhigen, geschweige denn ihr Misstrauen bezüglich seiner sexuellen Neigungen zu wecken.

Sie kauften ihm also eine Puppe. Kramer erinnerte sich, wie seine Eltern ihm das Geschenk feierlich am Morgen seines Geburtstages überreichten. Er saß im Bademantel auf der wildledernen Wohnzimmercouch. Auf dem Tisch stand der Geburtstagskuchen. Eine Linzer Torte, die sein Vater gebacken hatte und die es immer an Feiertagen gab. Vier brennende Kerzen steckten in der klebrigen Erdbeermarmelade. Im Kamin loderte das Feuer, und frischer Kaffeegeruch durchzog den Raum. Alles schien perfekt. Doch sollte dieses Idyll nur von kurzer Dauer sein. Denn wenige Momente später, sein Vater hatte gerade einen neuen Scheit in die Glut gelegt und seine Mutter trat mit frisch gebrühtem Kakao zur Tür herein, entdeckte er den Betrug und warf «Petra», Barbies doofe Stiefschwester, schreiend in die Ecke. Petra hatte braune statt wasserstoffblonde Haare und trug ein lila Kostüm aus Cord statt einer mit Rüschen versehenen Abendrobe. So hatte er sich seine neue beste Freundin nicht vorgestellt. Schmollend und mit verschränkten Armen saß er da und weigerte sich, der Puppe auch nur einmal die beigefügten braunen Plastikpumps anzuziehen oder das von seiner Mutter selbst gestrickte Handtäschchen umzuhängen. Es brauchte Tage und eine echte Barbie samt Barbie-Pferd Twanny, um diesen Schock zu überwinden und Kramer wieder glücklich zu stimmen.

Außer zum Bügeln zog sich seine Mutter auch abends gern ein wenig hierher zurück, um für sich zu sein. «Du weißt ja, der Papa, der will immer nur fernsehen», flüsterte sie ihm zu und verdrehte verständnislos die Augen. Die Einrichtung des Zimmers war deshalb durch einen alten violetten Beistelltisch ergänzt worden, auf dem ein Sudoku-Block lag.

In den Regalen aus Kiefernholz waren Kindheit und Jugend Kramers jedoch noch immer in Form sauber ausgeschnittener Zeitungsartikel, die von seinen lokalen Erfolgen zeugten, präsent. «Bastian Kramer gewinnt überzeugend Kreismeistertitel der Knaben C» und «Sparkasse wählt Bastian Kramer zum Jungfotografen des Monats» war da zum Beispiel in großen schwarzen Lettern zu lesen.

Ein paar Medaillen und verstaubte Pokale aus Plastik standen ebenfalls im Regal und verleiteten seine Eltern manchmal zu Bemerkungen wie: «Warum fängst du nicht wieder mit dem Tennis an? Du warst doch früher so gut. Man sollte seine Talente nicht einfach schleifen lassen.»

Ein Fach darunter lagen sein Diercke-Weltatlas und ein Stapel alter *Bravos*, daneben eine Sammlung vergilbter dtv-junior-Taschenbücher: *Damals war es Friedrich, Die Kinder von Schewenborn, Und im Fenster der Himmel*. Traurige Bücher über den Krieg, die las er als Kind gerne, wahrscheinlich, weil ihm sein eigenes Leben schon damals zu belanglos und fad erschien und irgendwie nichts passierte. Erst mit Eintritt in die Pubertät, als das eigene Leid proportional mit seinem Außenseiterdasein in der Schule wuchs, nahm sein Interesse für derartige Themen allmählich ab. Warum mit anderen mitfühlen, wenn keiner an ihn dachte? Nun galt es, die eigenen Wunden zu lecken.

Ganz links im Regal standen halb zerfledderte Reclam-Ausgaben großer Werke der deutschen Literatur. Das Gelb der Buchrücken war über die Jahre etwas verblasst, doch hatte die Farbe an ihrer abschreckenden Wirkung bei Kramer nichts eingebüßt. Diese billigen, von ihrem damaligen Deutschlehrer Herrn Albert angepriesenen kleinen Heftchen waren es, die aufgrund ihres unsinnlichen Layouts Kramers Leselust für lange Zeit zum Erliegen gebracht hatten. Ein paar Exemplare hatte er noch aufgehoben, sie ergänzten als weitere Exponate dieses Museum seiner Vergangenheit: Goethes ~~Götz~~ *Kotz von Berlichingen*, Wedekinds *Frühlings Erwachen* und Schillers *Wilhelm Tell*. Letzteres war mit zahlreichen Peace-Symbolen versehen. In unterschiedlichen Größen und Farben prangten sie auf Vorder- und Rückseite des Buches. Kramer hatte sich das Symbol bei einer politisch engagierten Mitschülerin abgeguckt und anfangs immer für einen falsch gezeichneten Mercedesstern gehalten. Das Wort «Sagenhaft», das weder seinen Gemütszustand noch die Qualität der schulischen Lektüre zum Ausdruck brachte, stand ebenfalls auf all seinen Büchern. Er erinnerte sich, dass es sein Lieblingswort gewesen war, ohne die Ursache dafür zu kennen. Er schrieb es einfach überall hin, in Schulhefte, auf Tische und Bänke. Selbst in der elterlichen Sauna hatte er vor Kurzem ein verblichenes «Sagenhaft» in der Kieferntür entdeckt.

Neben den gelben Heftchen stand in bunten Farben das, was den Inhalt der unsäglichen Lektüren ein wenig erträglicher machte, weil man sie dann besser verstand oder sich das Lesen überhaupt sparen konnte: *Königs Erläuterungen*. Dank ihrer Hilfe hatte so mancher Aufsatz doch noch für eine Zwei gereicht und die Versetzung, die bei Kramer seit der achten Klasse immer mal wieder in Gefahr geriet, gesichert.

Hinter ein paar Spirituosenflaschen im Miniaturformat, die er früher sammelte, stand ein blauer Flakon. Die kleinen Sterne darauf reflektierten das Licht der Deckenlampe. Ein Rest des Inhalts war noch vorhanden. Bei seinen Besuchen genügte ein kleiner Druck auf den Zerstäuber, und der Duft von Limone und Bergamotte, Apfel und Ananas erfüllte den Raum. Joops Night Flight gab ihm das vertraute Gefühl, wieder zu Hause zu sein.

Etwas verloren in der Ecke stand sein kieferfurnierter Schreibtisch, darauf eine alte Olympia-Schreibmaschine. Ein dünner Staubfilm verriet, dass beides nicht mehr in Gebrauch war. Jahrelang hatte er seine Mutter fasziniert dabei beobachtet, wie sie mühsam Zeugnisbemerkungen oder Elternbriefe in die Tastatur hämmerte und beim Einfädeln der Farbbänder verzweifelte. Nachdem sie sich dazu durchgerungen hatte, eine elektrische Schreibmaschine anzuschaffen, wurde seinem Betteln nachgegeben und er erhielt die alte, inklusive zweier Farbbänder. Nun konnte er loslegen und endlich das tun, was er schon seit Langem hätte tun sollen. Da sein

Kaufladen rote Zahlen schrieb, musste er Personal entlassen und verfasste Kündigungsschreiben an alle seine Mitarbeiter. Eifrig tippte er drauflos und feuerte einen Angestellten nach dem anderen, bis die Farbbänder nach und nach verblassten und er den Laden schließlich ganz dichtmachte.

Stattdessen hatte er sich fortan der Poesie gewidmet. Zwar dichtete er nicht selber, doch schrieb er Weisheiten und abgeschmackte Aphorismen in die Poesiealben und Freundschaftsbücher seiner Mitschüler. Die überschaubare Zahl seiner Freundschaften gab ihm dazu allerdings nur selten Gelegenheit, und so entschloss sich Kramer kurzerhand, gleich mehrere eigene Bücher anzuschaffen.

Kramers scharfe Kritik an der Handschrift vieler seiner Klassenkameraden und seine akribischen Vorgaben für die Gestaltung der Buchseiten schreckten jedoch viele Mitschüler ab, weshalb die Zahl der Einträge recht überschaubar geblieben war. Er ging deshalb dazu über, sich auf dem größten Teil der Seiten selbst zu verewigen und sich alles Gute für die Zukunft zu wünschen. Das machte ihm solchen Spaß, dass er kurzum auch seinen Hamster, den Wellensittich seines Bruders und Harro, ihren ersten Hund, zu Schulfreunden deklarierte und stellvertretend für sie Beiträge in seine Alben schrieb.

Diese Alben hatte seine Mutter ausnahmsweise nicht weggeschmissen. Sie standen noch immer an der gleichen Stelle des Regals, dort, wo sie gestanden hatten, als er fortging, um sein Studium zu beginnen. Sein Hamster, der als einziger Hamster auf der ganzen Welt «Goldi» hieß, schrieb am 3. Februar 1987 in sein rosafarben eingebundenes Pferdepoesiealbum:

Lieber Bastian!
Sonne und Regen, die wächseln sich ab,
mal gehts im Schritt und mal gehts im Trapp.
Fröhlichkeit, Traurichkeit, beides kommt vor.
Eins nur ist wichtich: sags mit Humor!

Zum Andenken an deinen Hamster Goldi

Auf der nächsten Seite sprach Harro dem kleinen Kramer Mut in schulischen Belangen zu. Er schrieb:

Algebra, Physik, Chemie –
Mancher denkt, er lernt es nie!
Doch schon mancher, der das dachte,
später doch Kariäre machte!

Zur Erinnerung an euren Hund Harro

Neben den Sprüchen klebten Oblaten, über und über mit silbernen Glitzerstreuseln überzogen: Ein Junge und ein Mädchen in einem offenen Propellerflugzeug, das mit bunten Blumen behängt war. Der Junge trug Knickerbocker, sie ein weißes Kleid, darüber eine blau karierte Schürze. Das Haar hatte sie unter einem Kopftuch zu einem Zopf zusammengebunden. Sein Hamster hatte sich da wirklich sehr viel Mühe gegeben und auch die Handschrift war überzeugend.

Im Regal darunter standen drei alte Freundschaftsbücher. Kramer nahm eines heraus und blätterte darin. Auch hier waren nur wenige Seiten von ehemaligen Klassenkameraden beschrieben worden. Dafür hatte er sich in einem Abstand von zwei Jahren selbst mehrmals darin verewigt. Seine liebsten Freizeitbeschäftigungen hatten sich dabei nicht wesentlich verändert und bestanden aus Dingen wie Tanzen, Spielen, Telefonieren, Reden, Musikhören, Mädchen oder Skilaufen.

Auch sein unveränderliches Kennzeichen, eine Narbe am linken Knie, wurde erst nach vier Jahren durch eine weitere Narbe am Kinn ergänzt, die er sich bei dem Versuch zugezogen hatte, vor Lars, dem rauffreudigen Mitschüler, davonzulaufen, wobei seine ungeschickten krummen Beine sich aus ungeklärter Ursache in den Bändern seines McNeill-Turnbeutels verhedderten und ihn zu Fall brachten.

Auch im Freundschaftsbuch, das den Titel «Das ist meine Schulklasse» trug, hatte sein Goldhamster, obgleich nicht im gleichen Jahrgang wie Kramer, seine Spuren hinterlassen. Er zählte Vitakraft Biscuits zu seinen Lieblingsspeisen und lief gern stundenlang im Hamsterrad herum. Erstaunlicherweise besaß Goldi genau den gleichen Musikgeschmack wie Kramer, und Steffi Graf war sein Idol.

Wieder in seinem Zimmer zu stehen, um ihn herum all diese konservierten Erinnerungsstücke, bereitete ihm ein wohliges Gefühl. Die Stille, die ihn umgab, während er durch das Zimmer schlenderte, wurde alle fünfzehn Minuten von einem leisen Zischen unterbrochen. Es stammte von einer kleinen weißen Plastikbox im Wandschrank, der die Aufgabe zukam, im Raum für frischen Duft zu sorgen. Der elektronische Luftaromatisierer verbreitete ein künstliches Zitronen-Limonen-Gemisch, das den herrlichen Kiefernholzgeruch des Zimmers, an den sich Kramer so gern erinnerte, übertünchte und bei ihm Kopfschmerzen hervorrief.

Das Gute an der Vergangenheit war ja, dass sie immer schöner wurde, je weiter sie zurücklag. Man versöhnte sich mit den vielen Dingen, die einem früher schwer zu schaffen gemacht hatten. Die Jugend war für Kramer eine schwierige Zeit gewesen, in der er geschunden, geärgert, gemobbt und gealles wurde, aber er hatte die Zeit irgendwie überstanden und nun lag sie in Form verklärter Erinnerungen hinter ihm. Er hatte gelebt. Nicht wie heute, wo sein Leben vor sich hin dümpelte wie ein mäandrierender Fluss im Mittellauf. Wo sich alles irgendwie in Wohlgefallen auflöste und es ihm manchmal vorkam, als würde er nur dabei sein statt mittendrin.

Herr Volksgut hatte am Ende also doch recht behalten; seine Eltern hatten eine kleine Holztafel im Flur hängen, auf der seine Worte geschrieben standen: Die Erinnerung sei das einzige Paradies, aus dem man nicht vertrieben werden kann. Als Kind stand Kramer ratlos und ungläubig vor diesem seltsamen Aphorismus, der sich noch nicht einmal reimte und für ihn überhaupt keinen Sinn ergab. Was wollte Herr Volksgut ihm sagen? Dass alles, was er gerade durchmachte, irgendwann zum Garten Eden würde? Schwamm drüber und weg? Das konnte doch gar nicht sein. Kramer erinnerte sich, wie sein Blick damals auf sein Spiegelbild im gläsernen Schuhschrank daneben gefallen war. Wie ein Dönerspieß glänzte seine Mischhaut im fahlen Licht des Kronleuchters und auch die Schikanen in seiner Klasse empfand er zunehmend als Belastung. Alles in allem keine paradiesischen Zustände. Doch jetzt, Jahre danach, hatten all die guten und schönen Erinnerungen sich in Kramers Kopf breitgemacht und die Jugend wirkte sentimental verklärt.

Auch die Sache mit Christoph galt es jetzt schnell durchzustehen und ins *Simple Past* zu befördern. Er musste die Gefühle, die ihn seiner Kraft beraubten und ihn schwach und angreifbar machten, endlich loswerden wie ein hässliches Weihnachts- oder Geburtstagsgeschenk.

Kramer war ein Nostalgiker und litt an dem, was in der Psychologie als Peter-Pan-Syndrom bezeichnet wurde. Lieber zog er sich ins Neverland seiner Erinnerung zurück, als sich mit Gegenwart und Zukunft zu befassen. Er genoss das wohlige Gefühl, das ihn überkam, wenn er alte Fotoalben durchblätterte, Schuljahreshefte hervorkramte oder zufällig im Fernsehen auf Wiederholungen der *Schwarzwaldklinik* stieß. Erwachsen werden konnte er immer noch, Verantwortung übernehmen und das alles. Jetzt lieber noch ein bisschen die Vergangenheit recyceln. Kramer fiel ein Gedicht von Hermann Hesse ein, das sie einst in der Schule analysiert hatten. Versmaß, Rhythmus, Reimschema, das alles hatte Kramer nicht wirklich interessiert, er fand nur den Inhalt beeindruckend und hatte das Gedicht sogar auswendig gelernt.

Der müde Sommer senkt das Haupt
Und schaut sein falbes Bild im See.
Ich wandle müde und bestaubt
Im Schatten der Allee.

Durch Pappeln geht ein zager Wind,
Der Himmel hinter mir ist rot,
Und vor mir Abendängste sind
– Und Dämmerung – und Tod.

Ich wandle müde und bestaubt,
Und hinter mir bleibt zögernd stehn

Die Jugend, neigt das schöne Haupt
Und will nicht fürder mit mir gehn.

Gut, Hesses Angst, oder vielmehr die des lyrischen Ichs, denn das war nicht das Gleiche, hatte Kramer seinen Schülern eingebläut, bezog sich eher auf das Altern und den Tod als auf den ersten zaghaften Schritt über die Schwelle, die Kramer zum Ernst des Lebens führen sollte. Doch ähnlich wie Hesses Gedicht war auch Kramers Blick von Sehnsucht getrieben auf seltsame Weise rückwärtsgewandt, und er musste aufpassen, dass er beim Überschreiten dieser Schwelle nicht ins Stolpern geriet. Wenn er sie überhaupt überschritt, denn aus Angst, die falschen Entscheidungen zu treffen, hatte er es sich in seiner Unentschlossenheit bequem gemacht und führte lieber ein Leben im Konjunktiv, das von Irgendwies, Irgendwanns und Irgendwos geprägt war. Seinen Fuß jedenfalls hatte er bereits mehrere Male zaghaft von der Schwelle zurückgezogen.

Kramer griff nach dem Flaschenöffner, machte die vierte Flasche Bier auf und nahm einen Schluck. Alles in allem versprach die Vergangenheit Sicherheit. Für Kramer war sie eine Trutzburg, in der die Gegenwart mit allen ihren Unbeständig- und Unverbindlichkeiten ausgesperrt blieb und die ungewisse Zukunft erst recht keinen Zutritt erhielt. Eine mikroskopische Welt, so rosarot wie Hubba-Bubba-Himbeere und so süß wie Ed von Schleck, die gerade mal bis zum Jägerzaun des elterlichen Gartens reichte und zurück. Eine Welt, in der man nur das begriff, was man wirklich sah, und wo das, was hinter dem Zaun kam, nicht wichtig war. Keine folgenschweren Entscheidungen galt es hier zu treffen, keine schwierigen

Prüfungen zu bestehen oder ätzenden Liebeskummer auszuhalten. Nichts war getrübt von grauen Alltagserfahrungen und ernüchternden Hintergrundinformationen. Und wenn ihm mal wieder die Decke auf den Kopf und das Glück am Schoß vorbeizufliegen drohte, dann fuhr er einfach nach Hause zu den Eltern, um ein bisschen heile Welt zu tanken.

Dort lag er dann abends in seinem Zimmer, auf der neuen Bettcouch, unter seiner alten Pferdebettwäsche, die nach Waschmittel roch. Er wusste nicht, nach welchem, aber es roch vertraut. Und mit dem quietschenden Zurückspulen einer *Fünf Freunde*-Kassette begann die Reise in die Vergangenheit.

Doch dieser Rückzug in die Behaglichkeit war nach wenigen Tagen beendet und Kramer kehrte dieser Welt mit einem gemischten Gefühl aus wiedererlangter Stärke und Betroffenheit den Rücken, um sich dem Alltag zu stellen, der sich in Sätzen wie «Sag doch mal, wann willst du jetzt eigentlich mit dem Studium fertig werden?» oder «Wie ist denn die letzte Prüfungsstunde gelaufen?» bereits unaufgefordert Zutritt verschafft hatte.

Dass diese Festung bröckelte und sein Elternhaus immer weniger sein wirkliches Zuhause war, wurde Kramer endgültig bewusst, als er eines Tages im sepiagelb gekachelten, ungeheizten Badezimmer auf der Toilette saß. Sein Gesicht war puterrot angelaufen und seine nackten Zehen krallten sich in den rosafarbenen Teppich aus Polyacryl, doch es gelang ihm nicht, etwas auszuscheiden. Ein leises Plätschern verriet, dass nur ein kleiner, Hasenkot-ähnlicher Batzen unter größten Anstrengungen den Weg nach draußen geschafft hatte. Er konnte in diesem Haus, dem Ort, an dem er zwei Drittel seines Lebens gelebt hatte, nicht mehr richtig kacken.

Kramer erinnerte sich, wie er mit Tränen in den Augen vom Klo stieg.

Sonntags fuhren seine Eltern ihn dann in der alten C-Klasse zum Bahnhof und standen winkend auf dem Bahnsteig, obwohl Kramer ihnen jedes Mal sagte, sie bräuchten nicht extra seinetwegen auszusteigen. Seine Mutter hatte ihm noch ein paar Frikadellen in den Koffer gestopft, weil er die doch so gerne mochte, und einen Laib selbst gebackenes Brot. «Ach ja, Pampelmusenlöffel habe ich dir auch noch eingepackt. Ganz unten im Koffer. Gab's neulich günstig bei Tchibo.» Dann drückte sie ihn noch einmal fest an sich und presste – sofern er es nicht rechtzeitig schaffte, den Kopf zur Seite zu drehen – ihre feuchten Lippen auf seinen Mund. War er schnell genug ausgewichen, so bekam er zu hören, er solle sich nicht so anstellen oder Sätze wie «Nun gib der Mama doch einen Kuss auf den Mund!» – «Ach, komm, nun lass den Jungen doch», ging sein Vater dann beschwichtigend dazwischen und reichte dem Sohn die rechte Hand, um ihm mit der linken kameradschaftlich auf den Rücken zu klopfen. «Ich versteh das nicht. Was ist denn schon dabei? Ist dir wohl peinlich, was? Na ja, war trotzdem schön mit dir», sagte sie und nahm ihn noch einmal in den Arm. «Ruf kurz durch, wenn du gut angekommen bist, ja?», rief sie ihm noch zu, dann schloss sich die Tür und der Zug setzte sich in Bewegung. Er warf noch einen letzten Blick durch das zerkratzte Fenster auf den Bahnsteig, wo seine Eltern in ihren TCM-Anoraks standen und ihm fröhlich zuwinkten.

Wie lange das wohl noch so bleiben wird, dachte er und sein Blick fiel auf die weißen Haare seines Vaters. Seine Eltern waren mittlerweile in einem Alter, in dem man sich nach einem Arztbesuch gegenseitig gratulierte, wenn kein

Krebs diagnostiziert wurde. Und es machte ihm Angst, wenn er abends im Bett seines zwölf Quadratmeter großen WG-Zimmers lag, von Dunkelheit umgeben, die ihn schwermütig werden ließ, und ausrechnete, wie lang seine Eltern wohl noch lebten und für ihn da sein würden. Die durchschnittliche Lebenserwartung eines deutschen Mannes lag mittlerweile bei 77,4 Jahren, die einer deutschen Frau bei 82,6 Jahren, beides Werte, von denen seine Eltern nicht mehr allzu weit entfernt waren.

Es war etwas anderes, die Eltern alt werden zu sehen, wenn man bereits sein eigenes Leben führte. Er dagegen fühlte sich immer noch als Kind seiner Eltern, und es gab irgendwie keinen Grund, richtig erwachsen zu werden. Wie sollte das gehen, wenn er in seinem eigenen Leben noch nicht mal richtig angekommen war? Was würde geschehen, wenn seine Eltern ihm nicht mehr sagen konnten, wo es langging, bevor er es selber wusste? Kramer blickte ratlos und betrübt aus dem Fenster ins Dunkle.

Während andere konsequent ihren Weg gingen, ihr eigenes Leben aufbauten, heirateten und Kinder bekamen, war er auf halber Strecke zurück- und liegen geblieben. Er hatte nichts Eigenes, keinen Partner, keine Kinder, keine Verantwortung. Er hatte nur sich selbst. Und je mehr er darüber nachdachte, umso mehr machte sich Angst in ihm breit, dass er in ein paar Jahren ganz alleine sein würde, dass seine Eltern irgendwann nicht mehr für ihn da sein könnten, dass es das Haus, in dem er aufgewachsen war, vielleicht in ein paar Jahren nicht mehr gab oder eine andere glückliche Familie darin wohnte, während er heimatlos durch die Welt irrte wie ein Luftballon, der in einem unachtsamen Moment losgelassen und vom Wind davongetragen wurde.

Nichts als Einsamkeit wäre um ihn herum, die nur hin und wieder von Momenten unterbrochen wurde, in denen sich Freunde bereit erklärten, ihn bei sich aufzunehmen. An Feiertagen zum Beispiel, wo er dann den netten Onkel spielte, sich mit großzügigen Geschenken Zuneigung erkaufte und am Tropf der Nächstenliebe hing, den sie ihm anlegten, damit er nicht ganz so alleine war. Er sah sich dasitzen in der Welt der vermeintlich Glückseligen, erwartungsvoll von Kinderaugen angestarrt, die hofften, dass er mit ihnen spielte oder ihnen zum x-ten Male etwas vorlas. Lächelnd beäugt von den glücklichen Eltern, die sichtlich amüsiert beobachteten, wie er mit verstellter Singsang-Stimme ihnen einen Teil ihrer Arbeit abnahm.

In letzter Zeit war es häufiger vorgekommen, dass Kramer sich irgendwie einsam fühlte. In Augenblicken wie diesem wurde ihm gewahr, dass sich um ihn herum vieles veränderte, wo er sich Stillstand wünschte. Er klammerte sich an Momente, die hinter ihnen lagen und die die anderen auf ihren Laptops bereits im Ordner «Vergangenes» abgespeichert hatten. Grillen im Park, Kanufahren an der Ardeche, fünfundzwanzigster Geburtstag hießen diese Ordner, die irgendwo zwischen «Kontakte» und «Eigene Dateien» angelegt worden waren und über die Jahre immer mehr Datenfehler aufwiesen, bis sie sich schließlich gar nicht mehr öffnen ließen. Für seine Freunde war das allertiefste Vergangenheit, ein Stück abgelegte Prosa, für Kramer dagegen immer noch gegenwärtig, aber es fragte ihn ja niemand. Sie warfen nur ab und an einen flüchtigen Blick auf die Fotos, die sie mit Bierflasche in der Hand und rausgestreckter Zunge zeigten oder mit Augen auf halbmast und Joint in der Hand. Diese Fotos quittierten sie mit einem gönnerhaften Lächeln, das zum Ausdruck brachte, wie weit dieses Leben bereits zurücklag. Kramer dagegen vermisste diese glückliche Zeit und hatte das Gefühl, die Einsamkeit, die ihn bisweilen heimsuchte, wachse proportional zum Glück seiner Freunde. Menschen, die vorher nur zusammen *waren, zogen* zusammen und hatten plötzlich keine Lust mehr darauf, sich abends in der Kneipe zu treffen. Stattdessen luden sie sonntags zum gemütlichen Brunch mit einem Glas Prosecco ein. Man unternahm Radtouren, anstatt einfach nur am See herumzuhängen, plan- und zeitlos, guckte am neuen Plasma-TV mit integriertem Soundsystem DVDs oder Blu-rays, anstatt um die Häuser zu ziehen bis zum Morgengrauen. Kramer erkannte, dass ihre Lebensstile nach und nach einfach nicht mehr kompatibel waren, und er erlebte ihre Treffen immer häufiger als unbefriedigenden Kompromiss.

«Herzlichen Glückwunsch! Ich freu mich so für euch!», rief er übertrieben, als seine Freundin Claudia ihm fast übersprudelnd vor Glück verriet, dass sie in der vierzehnten Woche schwanger sei. Doch Kramers Versuch, sich nicht anmerken zu lassen, dass ihm diese Neuigkeiten gar nicht gefielen, schlug fehl. «Das tust du nicht», entgegnete sie mit einem Lächeln und beruhigte ihn, dass es ihr im gegenwärtigen Zustand gar nichts ausmachen würde. Es fiel ihm in der Tat schwer, sich mit ihr zu freuen. Schwangerschaften bedeuteten meist das Ende einer Freundschaft, das hatte er oft erlebt, und seine Befürchtung, ihre Freundschaft könnte dasselbe Schicksal ereilen, wuchs mit jeder weiteren Schwangerschaftswoche.

«Wir sind jetzt zu dritt!» stand unter einem Foto, das auf die rosa Tonpappe geklebt worden war, die Kramer eines

Tages im Briefkasten fand. Das Foto zeigte zwei erschöpfte, aber glückliche Erwachsene, die ein Kind mit dem Namen «Lene» in den Armen hielten. Kramer erinnerte sich, dass er das Bild argwöhnisch betrachtet hatte. Lene war eigentlich ganz süß, aber die doofe Kuh würde sich schon bald mit ihren 3.432 Gramm und 51 Zentimetern Körperlänge zwischen sie drängen, da war er sich sicher. So warf er die Karte ernüchtert ins Altpapier.

Sie arbeiteten hart daran, dass dies nicht passierte, doch am Ende nahm die Entwicklung, die Kramer prophezeit hatte, ihren Lauf. Sie telefonierten hin und wieder, brachten sich per E-Mail auf den neusten Stand. Und wenn sie sich mal trafen, fand sich Kramer auf einem Spielplatz wieder, umgeben von einer Horde Kleinkinder, die ihn skeptisch beäugten und schreiend wegrannten, wenn er sie erschreckte. Claudia ging nicht mehr aus, und wenn sie es ihm zuliebe doch einmal tat, dann hielt sie durch bis kurz nach zwölf. Wollte er ihr etwas Wichtiges erzählen, machte Lene in die Windel und ihm einen Strich durch die Rechnung. Und spätestens, als in einem aufwendig verzierten Briefumschlag die Einladung zu ihrer Hochzeit eintraf, die nicht etwa vor Ort stattfinden sollte, sondern ganz exklusiv auf Sylt, wo bereits Kontingente in verschiedenen Hotels vorreserviert worden waren, inklusive eines Einzelzimmers für ihn, da wusste Kramer, dass es vorbei war.

In diesen trostlosen Momenten kam in ihm immer häufiger die Frage auf, was der Sinn in seinem Leben war und wofür er eigentlich lebte. Eine Frage, mit der sie sich bereits in der zehnten Klasse im Philosophie-Kurs von Herrn Petersen herumschlagen mussten. Schon damals waren seine Ambitionen, sich damit auseinanderzusetzen, sehr gering gewesen, und auch jetzt fiel Kramer irgendwie nichts Intelligentes dazu ein, denn er wurde das Gefühl nicht los, dass es keine Antwort auf diese Frage gab. Oder eine Antwort, die ihm nicht gefiel. Alles, wofür er lebte, war er selber. Alles, wovon er träumte, war unerreichbar.

Traurige Aussichten, vor allem, wenn er darüber nachdachte, was irgendwann einmal von ihm übrig bleiben würde, wenn er das Zeitliche segnete. Ein Kreismeistertitel aus dem Jahre 1987, die Auszeichnung zum Jungfotografen des Monats aus dem Jahre 1998 und sein Facebook-Profil. Viel mehr hatte er im Grunde genommen nicht vorzuweisen.

Kramer nahm einen letzten Schluck aus der Bierflasche. Dabei fiel sein Blick auf das Geburtstagsgeschenk, das seine Mutter ihm per Post hatte zukommen lassen. Es war nur halb ausgepackt. Schon lange war die Geschenkeauswahl seiner Mutter, denn sie war es meist, die die Geschenke für ihn aussuchte, ein Problem. Bereits beim Auspacken wusste er, dass ihm der Inhalt wohl auch diesmal nicht gefallen würde. Im Grunde hatte sich da seit der Geschichte mit Petra nichts geändert. Seine Mutter ließ sich bei ihrer Suche stets davon leiten, dass das Geschenk einen praktischen Wert besaß. Ästhetische Aspekte spielten erst einmal keine Rolle. Und so landete sie am Ende immer bei Tchibo. Er hatte sich damit abgefunden und die anfängliche Enttäuschung war über die Jahre einer gewissen Gleichgültigkeit gewichen. Stoisch machte er sich nach Weihnachtsfeiertagen oder Geburtstagen auf den Weg, um die Geschenke, die seine Mutter statt in Geschenkpapier in alte Zeitungen eingewickelt hatte, bei der nächsten Tchibo-Filiale umzutauschen; TCM-Wasserkocher, kunstlederne Adressbücher oder Gästepantoffel-Sets waren darunter. Den

Kassenbon packte sie mit einem Smiley versehen vorsorglich mit ein, in weiser Voraussicht, dass er sich wohl auch diesmal nicht von ihrem Geschmack überzeugen ließ. Montag, so nahm Kramer sich vor, würde er sich also vor der Schule aufmachen, um das Kirschkernkissen umzutauschen.

BECK'S #4 (0,6–0,8 ‰)

Für Kramer hatte sich eigentlich nie die Frage gestellt, ob er schwul war oder nicht. Er war nicht eines Morgens aufgewacht mit der erschreckenden Erkenntnis, er könnte vielleicht homosexuell sein. Hatte keine ausgeprägte Phase der Verstörung und Selbstfindung überstehen müssen, wie er es in so manchem Coming-of-Age-Film im Kino gesehen hatte, in dem der schwule Hauptdarsteller als tragisches Opfer seiner inneren und äußeren Umstände durch die nächtliche Großstadt irrte, ziellos und ohne Hoffnung auf einen Ausweg, ihm auf den Fersen eine Horde homophober Schläger, die ihm ans Leder wollten. Auch konnte er nicht mit homoerotischen Kabbeleien unter der Dusche oder im Gartenhäuschen aufwarten, die sein sexuelles Selbstverständnis ins Wanken gebracht und für Identitätsprobleme gesorgt hatten.

Bis Kramer einundzwanzig war, hatte er – abgesehen von den muskelbepackten Jungs im *Playgirl*-Magazin oder der *Coupé* – noch nie einen echten Mann nackig gesehen. Eine Ausnahme bildete die komplette Seniorenmannschaft des Tennisklubs, deren Anblick unter der Gemeinschaftsdusche des Vereinsheims allerdings bei Kramer keine unsittlichen Gedanken hervorrief, von dem erstaunlich gut gebauten und bestückten einundsechzigjährigen Doppelpartner seines Vaters einmal abgesehen, der aber zu Kramers Bedauern kein

Interesse an leicht übergewichtigen Jugendlichen zu haben schien. Dennoch war Kramer schon im Alter von vier Jahren bewusst, dass Männer eine ganz besondere Anziehungskraft auf ihn ausübten, auch wenn ihm natürlich noch nicht klar war, was das genau für ihn bedeuten würde.

An irgendeinem Montag im Juni sollte Kramer das erste Mal in den Kindergarten gehen. Er wurde von seinen Eltern hingebracht und hatte schreckliche Angst, weil er immer Angst hatte, wenn er nicht wusste, was auf ihn zukam. Tränen kullerten ihm über die Wangen und er hielt sich mit aller Kraft an der Tür ihres gelben Ford Ghia fest, weil er dort nicht hinwollte, wo alle blöd waren. Doch dann kam alles ganz anders. Kramer erinnerte sich noch an den Moment, als sie sich zum ersten Mal gegenüberstanden. Er war sofort hin und weg gewesen vom schulterlangen kastanienbraunen Haar, dem Holzfällerhemd, der schwarzen Lederhose und dem Schnauzbart. «Du musst also Kramer Junior sein», sagte Herr Schmidt, der fünfunddreißigjährige Leiter des örtlichen Kindergartens, und guckte ihn freundlich an. Verschämt wischte Kramer sich die Tränen aus den verheulten Augen und legte das überzeugendste Lächeln auf, das sein noch geringes mimisches Repertoire zu bieten hatte. Aus den Augenwinkeln betrachtete er das dichte, krause Brusthaar, das aus Herrn Schmidts rot kariertem Hemdkragen herauswucherte. Kramer war äußerst angetan und hatte nur noch ein Ziel, er wollte unbedingt auf die Arme des freundlichen, haarigen Mannes genommen werden. Quengelnd stand er da, stammelte unaufhörlich etwas von «Arme, Arme ...» und begann, nachdem ihm sein Wunsch erfüllt worden war, mit den Brusthaaren zu spielen. Seine Eltern guckten unterdessen betreten auf den Boden und lächelten verschämt. Etwas Ernstes hatte sich daraus dann allerdings doch nicht entwickelt, der Altersunterschied war wohl etwas zu groß.

Seine Vorliebe für dieses evolutionäre Rudiment blieb ihm erhalten. Im Alter von zehn Jahren kaufte er jede Ausgabe von *Bravo, Popcorn* und *Poprocky*, in der Hoffnung, ein Oben-ohne-Bild von David Hasselhoff, Lorenzo Lamas oder Sascha Hehn darin zu finden. Selbst bei Jon Bon Jovi wurde er hin und wieder schwach und, das hatte er bisher niemandem zu erzählen gewagt, auch bei Freddie Mercury hatte er schon Hand an die Lunte gelegt und den Sänger als Wichsvorlage missbraucht.

Beim Durchstöbern der elterlichen Plattensammlung, die überwiegend aus Europa- und Ariola-Platten der Sechziger- und Siebzigerjahre bestand und von Peter Alexander über Vicky Leandros bis Caterina Valente so gut wie alle deutschen Schlagerstars enthielt, machte er eines Tages einen ganz besonderen Fund. Die Platte steckte zwischen *Festival der Liebe* und *Super-Dance-Hits '74*. Auf der Innenseite der Hülle war eine Frau abgebildet, die in einem Kornfeld saß und verwegen mit ein paar Ähren spielte. Sie hatte braunes Haar und eine Frisur, die aussah wie die von Kramers Playmobilfiguren. Der Blick der Helmfrau war sehnsuchtsvoll in die Ferne gerichtet, seiner auf ihre Arme, auf denen ein dünner Flaum aus kleinen Härchen wuchs, der in der untergehenden Abendsonne golden schimmerte. Obwohl er erst sieben Jahre alt war, bekam er beim Anblick von Mireille Mathieu einen Steifen, ein Umstand, den danach keine Frau mehr zustande brachte und ihm die Gewissheit gab, irgendwie anders zu sein.

So schnell er sich mit dieser neuen Erkenntnis arrangierte, so belanglos schien ihm die Suche nach möglichen Ursachen dafür zu sein. Freunde und Bekannte dagegen schienen der Zeitpunkt und das Motiv seines schwulen Werdegangs brennend zu interessieren.

Einen Schüler, den er neulich in einem Klub getroffen und auf einen Drink eingeladen hatte, erzählte ihm, dass an der Schule immer das Gerücht umgegangen sei, Kramer wäre schwul, gleichzeitig aber auch darüber geredet wurde, er sei mit Frau Schulte beim Knutschen auf der Mädchentoilette erwischt worden. Was denn nun wahr sei, wollte er wissen. Kramer schmunzelte, verneinte dann lapidar das zweite Gerücht und bejahte das erste. Dem Schüler war die neu gewonnene Erkenntnis gar nicht recht, vielmehr kam es Kramer so vor, als sei er enttäuscht darüber, dass sein Lehrer eine derart wichtige Information vor ihnen verheimlicht hatte. Gerade weil er ihm doch neulich auch von seinem Liebeskummer wegen Charlotte erzählt und um Rat gefragt hatte. Eine Hand wäscht die andere, sozusagen. Wann und warum er denn schwul «geworden» sei, fragte er nach, und ob Kramer sich gar nicht vorstellen könne, mit einer Frau etwas anzufangen. Weibliche Titten wären doch einfach nur «derbe naiz, Mann».

Kramer hatte in der Tat schon einmal darüber nachgedacht, doch die Vorstellung einer nackten Frau, an der zu vieles weich war und schwabbelte, war unter haptischen Gesichtspunkten ein eher unbefriedigendes Erlebnis. Die Frage nach dem Warum amüsierte Kramer, weil sie die unbekümmerte Naivität und Ignoranz seines Gegenübers preisgab. Doch hatte er sich für solche Anlässe eine passende Antwort zurechtgelegt, die er auswendig vortrug. Er erzählte von Herrn Wiese, einem alten, liebenswerten Mann mit grauen

Schläfen und Halbglatze. Er trug immer einen zitronengelben Pullunder wie der damalige Außenminister. Herr Wiese war sein Biologielehrer gewesen, stand kurz vor der Pension und sollte sie in Sexualkunde unterrichten, so wie es der Lehrplan der Klasse 6 vorsah. Der über Sechzigjährige war damit restlos überfordert und weigerte sich vehement, diesen Bildungsauftrag anzunehmen. Für Kramer war die Entscheidung durchaus nachvollziehbar, schließlich waren selbst die meisten Eltern nicht in der Lage, mit ihren Kindern über Sex zu reden, geschweige denn Kondome über Bananen zu rollen oder ihren Töchtern die Hintergründe und Details der Menstruation zu erläutern. Wie sollte dies einem resignierten, alten Mann gelingen, dem schon das Bestäuben einer ordinären Margerite Schweißausbrüche bereitete? Vor einer Klasse, die bereits anfing zu lachen, wenn die Deutschreferendarin davon sprach, dass sie sich heute mit den Satzgliedern beschäftigten.

Diese Unterlassungen hätten bei Kramer eine sexuelle Orientierungslosigkeit hervorgebracht, die eine gesunde heterosexuelle Entwicklung ganz einfach verhinderte, sodass er aus Unwissenheit und mit einer rosaroten Brille bekleidet mehr oder weniger in die Homosexualität hineingeschliddert war.

Auch die Eigenlektüre des entsprechenden Kapitels im Biologiebuch hatte diese Entwicklung nicht verhindern können. Sie beschleunigte sie sogar, denn nachdem er angewidert die Seiten «Mädchen entwickeln sich zu Frauen» überblättert hatte, stieß er auf das weitaus interessantere Kapitel «Jungs entwickeln sich zu Männern», das mit vielen bunten Abbildungen ausgestattet eine anschauliche Lektüre bot. Ein Bild hatte es ihm besonders angetan. Es zeigte einen kleinen käsigen Jungen, der sich zwischen dem älteren Bruder und dem Vater in einer Gemeinschaftsdusche duschte. Der Bruder, der um die siebzehn Jahre alt gewesen sein dürfte, wusch sich gerade die Haare und trug ein bemerkenswert üppiges Gemächt zur Schau, das Kramer in Staunen versetzte und ihn dazu veranlasste, ungeniert an seinem eigenen, deutlich kleineren, herumzurubbeln. Auch der Älteste des Trios, Papa Nackedei, brauchte sich nicht zu verstecken. Kramer war ganz entzückt von der dichten Brustbehaarung des Vaters, mit der er den Nachwuchs deutlich in den Schatten stellte und der bei Kramer den Wunsch hervorrief, dem kleinen speckigen Jungen Seife in die Augen zu spritzen und ihn mit dem Handtuch aus der Dusche zu prügeln, um dann dessen Platz an der Seite des Vaters einzunehmen.

Überzeugte diese Theorie des Schwulgewordenseins seinen Zuhörer noch nicht so richtig, dann führte Kramer als weitere Erklärung die Freundschaft mit Julia an, einem Mädchen aus der Nachbarschaft, das er noch heute zu seinen besten Freunden zählte. Mit ihr stahl er als Kind nicht nur gemeinsam Pferde, sie jagten die Vierbeiner des nahe gelegenen Reitstalls verbotenerweise auch grölend über die Weiden hinterm Haus. Das heißt, eigentlich jagte nur Julia; Kramer, der vor den ungestümen Viechern Angst hatte, wählte die sichere Seite hinterm Stacheldrahtzaun und feuerte sie fröhlich jauchzend an, wie sie in ihrer roten Latzhose und mit einem Stöckchen in der Hand über die Weide wetzte, fünf oder sechs Pferde im wilden Galopp und mit krachenden Fürzen vor sich hertreibend.

Julia und er hingen fast jeden Tag zusammen, verbrachten die Zeit mit Zündeln im nahe gelegenen Wäldchen oder setzten sich in den Mercedes von Julias Eltern, um Verfolgungsfahrten zu inszenieren.

Gerne spielten sie auch Hörspiele nach. Enid Blytons *Fünf Freunde* stand auf ihrem Spielplan an oberster Stelle. Julia schlüpfte dann in die Rolle von George oder spielte einen der anderen Jungs, während Kramer ganz selbstverständlich die Cousine Anne spielte, die sich immerzu Sorgen um Julian und Dick machte und altkluge Bemerkungen von sich gab. Er buk Sandkuchen mit Modderüberzug und dekorierte sie mit Gänseblümchen oder hielt das Haus in Schuss, das ein aus Europaletten gezimmerter Verschlag im nahe gelegenen Wäldchen war, während sie umherstreifte auf der Suche nach neuen Abenteuern und Reibereien mit Jungs aus der Nachbarschaft. Es war eine Rolle, die er gerne spielte und aus dem Effeff beherrschte.

Genau wie die der Wildgans Daunenfein aus Selma Lagerlöfs *Nils Holgersson*. Dabei rannten Julia und Kramer oft stundenlang durch die Straßen, breiteten ihre Arme aus, die nun Schwingen waren, und erhoben sich in die Lüfte, um sich der Gänseschar Richtung Lappland anzuschließen. Julia rannte als Leitgans Akka von Kebnekaise immer vorneweg, und Kramer, der die Rolle der für die Aufzucht der Gösselchen zuständigen schönen Daunenfein übernommen hatte, folgte blind. Keuchend versuchte er den Anschluss zu halten, fiel aber aufgrund seines Übergewichts schließlich immer weiter zurück. Hatte er Julia endlich - von Seitenstechen geplagt - doch noch erreicht, hatte sie meist keine Lust mehr weiterzuspielen und ließ ihn und die Gösselchen achtlos zurück.

Egal ob als Wildgans oder als sorgenvolle Cousine Anne, Julia ließ ihm freie Entfaltungsmöglichkeiten und ebnete auf diese Weise schon sehr früh seinen Weg in die schwule Welt. Inzwischen profitierte sie davon, dass er diesen Weg eingeschlagen hatte, denn er zeigte sich stets bemüht, als sensibler Psychologe und Stylingberater aufzutreten, und buk noch heute hin und wieder einen Kuchen für seine allerbeste Freundin.

Das Telefon klingelte. Christoph!, schoss es Kramer durch den Kopf. Er hatte sich alles noch einmal überlegt, bereute sein Verhalten und wollte ihn nun um Verzeihung bitten. Jetzt galt es Ruhe zu bewahren. Erst einmal nur zuhören, ohne selbst etwas zu sagen, ihn ein bisschen zappeln lassen. Dann sagen, dass er Zeit brauche, um sich klar zu werden. Gegen ein Treffen hätte er grundsätzlich nichts einzuwenden. Auf ein Bier oder eine Coke. Über alles reden, ja, das müssten sie, das sehe er genauso.

Aufgeregt griff Kramer zum Hörer. «Halloho Baaaaaaasti», ertönte es aus der Muschel. «Ach, Jürgen, du bist das», antwortete Kramer enttäuscht.

Jürgen und Kramer hatten sich vor ein paar Jahren auf einem Straßenfest kennengelernt und im Laufe der Zeit eine fast libidinöse Beziehung zueinander entwickelt. Ihre Gemeinsamkeit bestand vor allem in ihrem Humor und der Tabulosigkeit, mit der sie über alles sprachen. Theater- und Filmrezensionen wurden ebenso diskutiert wie alle Arten von sexuellen Praktiken bis hin zu Stuhlgangbeschwerden. Nahezu jeden Tag trafen sie sich zum Mensen, anschließend tranken sie Kaffee, aßen Kuchen und taten Dinge, die sie vom Lernen oder der mühseligen Unterrichtsvorbereitung abhielten. Sie genossen das Unverständnis, das ihnen von außen entgegengebracht wurde, weil es sie noch enger miteinander verband. Und so waren sie in kürzester Zeit so etwas wie beste Freunde geworden. So ähnlich wie Benjamin Blümchen und Otto oder Bernhard und Bianca.

Jürgen studierte Jura im dreizehnten Semester und war, wie sein Name verriet, ein sehr bodenständiger Zeitgenosse. Er kam mit jedem klar und ließ sich von nichts und niemandem aus der Ruhe bringen, geschweige, dass ihm ein böses Wort über die Lippen kam, wenn ihnen jemand mit brutaler Dummheit begegnete. Für ihn waren irgendwie alle nett. Nett war Jürgens Lieblingswort, das Kramer regelmäßig auf die Palme brachte. Die einzigen Personen, mit denen Jürgen nicht so gut konnte, waren eigentlich nur Hitler, Dirk Bach, den er irgendwie seltsam fand, und Herr Moosbach, einer seiner Professoren.

Jürgen lebte wie Kramer sexuell nahezu abstinent, hatte nur hier und da ein Techtelmechtel mit reifen Abiturientinnen, allerdings, wie Kramer öfters zu Ohren gekommen war, noch mit keiner von ihnen richtigen Geschlechtsverkehr praktiziert. Jürgens Asexualität war insofern etwas Besonderes, als er mit seinem Charme und Wortwitz in der Lage war, nahezu jede Frau herumzukriegen. Dabei war er nicht im klassischen Sinn gut aussehend. Er hatte rote Haare, Sommersprossen und eine große Nase, deren Silhouette verriet, dass sie bereits mehrfach gebrochen war. In ihrer Funktion war sie unbrauchbar, denn Jürgen besaß keinen Geruchssinn, eine Tatsache, die seine Angewohnheit erklärte, überall zu furzen. Dass die Frauen dennoch ein Auge auf ihn warfen, wusste Jürgen zu schätzen, allerdings nur gelegentlich auszunutzen.

Jürgen besaß nicht nur einen großen Sinn für Humor, sondern hatte auch ein stattliches Gemächt, dessen Ausmaße er Kramer bereits am Tage ihres Kennenlernens in einem Dixi-Klo auf dem Straßenfest lallend demonstriert hatte.

«Du, Basti, ich kann heute leider nicht. Ich schreib am Montag 'ne Klausur und muss noch mal richtig ranklotzen. Aber am nächsten Wochenende dann wieder, okay?» Kramer ließ sich die Enttäuschung nicht anmerken. «Ja, okay. Wir telefonieren morgen mal. 'nen schönen Abend.» Dann legte er auf. Eigentlich hatte er damit rechnen müssen, dass ihm sein Freund so kurzfristig absagen würde, denn Jürgen war nicht nur für seinen großen Penis, sondern auch für seine unverbindliche Art bekannt, was ihm den Namen «Mister Noncommittal» eingebracht hatte. Nichtsdestotrotz waren sie eng befreundet. Sie teilten die Ansicht, dass das Glück nicht zwangsläufig in der exklusiven Zweisamkeit zu finden sei, und hatten sich damit abgefunden, dass die Liebe sich auf dem Weg zu den Türen ihrer Wohngemeinschaften immer wieder verirrte. Sie schätzten die Freiheit, auf emotionaler Ebene unbedeutend zu sein, und bildeten sich ein, dass das Alleinsein auch eine gewisse Leichtigkeit mit sich brachte, weil es sie von Verantwortung und Erwartungen entband, die sie nicht erfüllen konnten oder wollten. Geliebt zu werden setzte sie regelrecht unter Druck, zu lieben machte sie erpressbar und schwach.

Jürgen trug dazu bei, dass sich Kramer nicht ganz wie ein Gestrandeter auf einer einsamen Insel fühlte. Insbesondere an den Wochenenden spielte er eine entscheidende Rolle in Kramers Leben, denn dann war für Kramer das Gefühl des Alleinseins besonders groß. Nichts lenkte ihn von der Erkenntnis ab, dass alle mit etwas anderem beschäftigt waren, keine Zeit hatten für ihn und gemeinsame Unternehmungen. Das war vor allem an Sonntagen so, dem melancholischsten Tag in Kramers Woche, weil er mit Ausnahme von *Lindenstraße* und *Tatort* keine Konstanten lieferte, an denen sich Kramer orientieren und festhalten konnte. Bevor die Sonntagsnachmittagsmelancholie Kramer übermannte, rief er also einfach Jürgen an und sie unternahmen irgendetwas, um gemeinsam die Zeit totzuschlagen.

Umso schlimmer war es, dass Jürgen es dem großen Strom der Flüchtlinge gleichtun und nach Berlin ziehen wollte. Erst spät hatte er Kramer von seinem Vorhaben erzählt, dass er in Berlin ein mehrmonatiges Praktikum absolvieren und dann den Studienort wechseln wollte. In wenigen Wochen war es bereits so weit. Kramer wusste nicht, wie es dann weitergehen sollte. Wer würde mit ihm die Nachmittage verbringen? Mit wem sollte er am Wochenende ausgehen?

Kramer war mittlerweile in einem Alter, in dem er erschrocken feststellen musste, dass ihm das Ausgehen schwerer und schwerer fiel. Das Gefühl, er könne etwas verpassen, war im gleichen Maße zurückgegangen, wie die Sorge um genügenden Schlaf zugenommen hatte. So waren die Abende, an denen er ausging, immer seltener geworden. Doch heute Abend sollte es anders sein. Heute wollte er weg, denn das Alleinsein bedrückte ihn; doch wen sollte er anrufen?

Kramer warf einen Blick in die Kontaktliste seines Handys. Er hatte einen fulminanten Neustart hingelegt, seit er von zu Hause aus- und weggezogen war. Die Schikanen aus der Schulzeit hatte er verdrängt und sich schwungvoll ins Leben gestürzt. Dabei war eine Handvoll guter Freunde zusammengekommen, mit denen er regelmäßig etwas unternahm, und eine Menge Bekannter und Facebook-Kumpels, die er nur hin und wieder in der Freundesliste des geöffneten Chatfensters sah und mit denen er über einzelne Anstupser oder Gefällt-mir-Bekundungen hinaus nichts zu tun hatte. Dass er sie dennoch in seiner Liste behielt, war der Angst geschuldet, er könne eines Tages wieder alleine dastehen, so wie es in der Schulzeit gewesen war.

Das Telefon klingelte. Die Nummer seiner Eltern wurde auf dem Display angezeigt. Kramers Herz begann zu klopfen. Das geschah immer, wenn seine Mutter spätabends bei ihm anrief, weil er befürchtete, es könnte die traurige Nachricht sein, Papa wäre etwas zugestoßen.

Zögerlich nahm Kramer den Hörer ab.

«Hallo?»

«Jaaa? Bastian? Hier ist die Mama! Wollt nur mal hören, wie es dir so geht. Hast ja lange nichts mehr von dir hören lassen. Hast du meinen Anruf denn neulich nicht bekommen?»

«Doch, doch.» Kramer war erleichtert. «Ich hatte nur keine Lust, ist irgendwie nichts passiert, worüber es sich gelohnt hätte zu reden.»

«Was ist denn los? Du klingst so niedergeschlagen.»

Kramer schilderte in aller Kürze, wie der Abend bisher verlaufen war, dass er zu viel nachdachte, eigentlich noch loswollte, aber sich bisher niemand bereit erklärt hatte, ihn zu begleiten.

«Warum gehst du denn nicht alleine feiern? Ich versteh das nicht. Ihr ...» – in ihrer Stimme schwang etwas Abschätziges mit, wie immer, wenn sie zum Rundumschlag gegen Kramers Generation ausholte, um ihr Unverständnis über deren in ihren Augen erschreckende Ziellosigkeit zum Ausdruck zu bringen – «ihr müsst immer jemanden dabeihaben! Allein ausgehen ist doch prima. Ich bin früher ganz häufig allein ausgegangen. Da lernst du viel mehr Leute kennen! So habe ich damals zum Beispiel auch deinen Vater ...»

Kramer unterbrach sie: «So sind wir halt alle verschieden, nech?» Alleine feiern, das kam für Kramer definitiv nicht infrage. Das war in etwa so, als schriebe man sich selber Briefe oder spielte Tennis an der Ballwand. Oder verfasste unter Pseudonym Einträge in die eigenen Freundschaftsbücher. Kramer grübelte.

Er war ja schon allein ins Kino gegangen, auch im Theater war er ein paarmal ohne Begleitung gewesen, weil er ein Ticket geschenkt bekommen hatte, aber alleine feiern, das war für ihn ein Paradoxon *par excellence*. Das machten vielleicht Menschen mit ausgeprägter Soziophobie oder aber welche, die an Schizophrenie litten und das Alleinsein aufgrund des Stimmengewirrs in ihrem Kopf gar nicht bemerkten. Er blieb dann lieber zu Hause und ging ins Bett, ganz einfach.

«Du Mama, ich glaub, ich werde noch mal rumtelefonieren, vielleicht hat ja doch noch jemand Lust.» Er hörte nur ein abschätziges «Na, wenn du meinst. Du wirst schon wissen, was du tust» am anderen Ende der Leitung. «Ach, und Mama, was ich dir und Papa noch mal sagen wollte: Ich hab euch lieb.» Dann legte er auf.

«Ich hab euch lieb» – dieser Satz klang aus seinem Munde fremd. Fast schon ein wenig erschreckend. Er hatte so was noch nie zu ihr gesagt, weil es so beängstigend nah und entwaffnend war. Aber heute hatte er das Gefühl, es passte. Es fühlte sich irgendwie richtig an.

Das Telefonieren brachte ihn auch nicht weiter. Ein paar Freunde waren übers Wochenende weggefahren, und die, die noch da waren, waren krank oder schwanger, oder beides. Kramer wusste es nicht so genau. Mit den meisten von ihnen hatte er ohnehin keine Lust auszugehen. Zu lange nicht gesehen, zu viel, was aufzuarbeiten war. Kaum einer, mit dem man einfach da anknüpfen konnte, wo man beim letzten Mal aufgehört hatte. Was er suchte, war ganz einfach Zerstreuung und jemanden, der mitmachte, ihn begleitete, ohne unangenehme Fragen zu stellen. Unter T fand er schließlich Tina, eine Arbeitskollegin, mit der er sich eigentlich ganz gut verstand und die immer schon mal gerne mit ihm auf eine Schwulenparty gehen wollte, um sich das bunte Treiben einmal genauer anzugucken, wie sie sagte. Kramer versuchte mehrmals sie anzurufen, aber das Einzige, was er zu hören bekam, war eine freundliche Frauenstimme: «Der Teilnehmer ist besetzt. Bitte warten Sie, bis der Teilnehmer frei ist.» Kramer ließ die Dame den Satz ein Dutzend Mal wiederholen, ohne Erfolg. Tina nahm nicht ab, obwohl seine Nummer auf ihrem Display angezeigt werden musste. Ein unnützer Service, den niemand brauchte, dachte Kramer. Wo war der gute alte Besetztton? Als ob der, den man anrief, beim Blick auf das Display sofort das laufende Gespräch beenden würde, nur damit er sich mit ihm unterhalten konnte.

Da klingelte plötzlich das Telefon. Auf dem Display stand eine Nummer mit der örtlichen Vorwahl. Christoph war es nicht, dessen Nummer hatte er im Kopf. Dass Kramer die Nummer nicht kannte, war kein gutes Zeichen. Meist handelte es sich bei solchen Anrufen um besorgte oder verärgerte Eltern, die ihn am Telefon damit behelligten, dass er seinen Job nicht gut genug machte und dass sie - wenn sie Lehrer wären - viele Dinge ganz anders machen würden. Kramer nahm den Hörer ab.

«Herr Kramer», gellte es aus dem Hörer, «gut, dass ich Sie noch erreiche. Wissmann-Pitzorec, Frau Wissmann-Pitzorec, die Mutter von Torben-Hendrik. Ich bin mit Ihrer Aufsatzbewertung überhaupt nicht einverstanden», fiel sie mit der Tür ins Haus.

Oh nein, schoss es Kramer durch den Kopf. Frau Wissmann-Pitzorec war eine dieser überambitionierten und überengagierten Mütter, die ihr durch zahlreiche Ergotherapiesitzungen und heilpädagogische Maßnahmen krank therapiertes Kind beschützen wollten, wo sie nur konnten. Schule war für solche Eltern ein reines Dienstleistungsunternehmen und Kramer der überbezahlte Hauslehrer ihres Nachwuchses, der nach dem Zufallsprinzip schlechte Noten verteilte und ihren Kindern die Lust am Lernen nahm. Sie sahen die Schule als Lusttempel und Bespaßungsanstalt. Dass ihre pubertären Geschöpfe zum Teil einfach nicht beschulbar waren, trotz oder gerade wegen einer attestierten Hochbegabung, lieber mit ihrem Tischnachbarn quatschten oder sich die Fingernägel lackierten, das war nicht etwa Ausdruck schlechten Benehmens, sondern ganz klar das Resultat eines in ihren Augen nicht motivierend gestalteten Unterrichts. Bereits zwei Mal war Frau Wissmann-Pitzorec mit dem Versuch gescheitert, sich als Elternvertreterin wählen zu lassen, und nun versuchte sie offenbar als Einzelkämpferin Einfluss auf seine Arbeit zu nehmen.

«Torben-Hendrik und ich haben im Vorfeld so viel geübt, und zu Hause hat er alles gekonnt. Wissen Sie, wie demotivierend so eine Note für einen Fünftklässler ist? In der Grundschule hat er immer eine Eins in Deutsch gehabt. Dort haben sie auch schon Personenbeschreibungen geschrieben. Und seine Lehrerin war immer sehr zufrieden mit ihm.»

Sicher, der Text sei nicht so ausführlich, gestand sie ein, aber ihr Sohn habe den Räuber Hotzenplotz im Wesentlichen komplett beschrieben. Die Note müsste also im guten Zweier-Bereich liegen, behauptete Frau Wissmann-Pitzorec fachmännisch.

«Unter uns gesagt finde ich es auch nicht richtig, dass Sie die Rechtschreibung so hart bewerten. An der Grundschule haben die Kinder ja so gut wie nie geschrieben, und wenn, dann konnten sie so schreiben, wie sie wollten. Phonetisches Schreiben, haben Sie sicher schon mal gehört, Herr Kramer ... Herr Kramer???»

Kramer atmete tief durch. Er ließ den Eltern erst einmal Zeit, Luft abzulassen, und während sie sabbelten, hörte er mal mehr, mal weniger interessiert zu. Schraip widu schprichsd, so nannten sie die Schreibreform unter Kollegen. Sie wurde jetzt flächendeckend an Grundschulen praktiziert.

Kramer räusperte sich und gab Frau Wissmann-Pitzorec damit zu verstehen, dass er noch in der Leitung war. Doch der Inhalt von dreieinhalb Flaschen Bier hatte seine Spuren hinterlassen. Kramer rieb sich die Augen, unterdessen quasselte Frau Wissmann-Pitzorec unbeirrt weiter: «Bei fünfunddreißig Fehlern schon ein Ungenügend in der Rechtschreibung? Meinen Sie nicht, dass das ein wenig zu streng bewertet ist? Denken Sie doch auch mal an die Motivation der Schüler! Eine Sechs halte ich unter pädagogischen Gesichtspunkten für völlig falsch, zumal es sich ja zum Teil auch um orthografische Zweifelsfälle handelt.»

Als sie vorwurfsvoll darauf hinwies, in ihrer Familie habe es noch nie eine solche Note gegeben, war es allmählich Zeit, ein paar Dinge klarzustellen, und Kramer unterbrach sie. «Frau Wissmann-Pitzorec, zunächst einmal einen schönen Samstagabend», begann er ruhig. «Bevor Sie weiterreden, lassen Sie mich doch bitte einen Blick in meine Unterlagen werfen. Damit ich Genaueres zu Torben-Hendriks Noten sagen kann.»

Kramer legte den Hörer zur Seite und blätterte in einem Stapel mit Schulunterlagen neben seinem Schreibtisch. Als er die Notenliste der 5c gefunden hatte und wieder zum Hörer griff, war ein ärgerliches «Torben-Hendrik, nein, der Fernseher bleibt aus!» zu hören. Er schmunzelte. «Nein, du gehst jetzt ins Bett, aber dalli, dalli, sonst ...!»

«Frau Wissmann-Pitzorec», unterbrach er sie, «ich hab hier den Bewertungsbogen vor mir liegen. Haben Sie ihn sich auch genau angeguckt?»

«Natürlich habe ich mir den angeguckt, aber ...»

«Dann wird Ihnen aufgefallen sein, dass die Kinder die Personenbeschreibung in Form einer Suchmeldung im Radio formulieren sollten. Es ist ja richtig, wenn Sie sagen, dass Torben-Hendrik den Räuber Hotzenplotz beschrieben hat. Doch die Vorgabe, eine Suchmeldung zu schreiben, hat Torben-Hendrik gar nicht berücksichtigt.» Große Teile der Aufgabe seien somit nicht erledigt worden, ergänzte Kramer. Und es sei nun einmal wichtig, dass die Aufgabenstellung ganz genau gelesen werde. Richtig sei auch, dass Torben-Hendrik viele Merkmale bei seiner Beschreibung berücksichtigt habe, er aber mehrere Details wie zum Beispiel den Gürtel des Räubers mit der Pfefferbüchse und dem Messer differenzierter hätte beschreiben können. Die Rechtschreibnote ergab sich bei der Errechnung des Fehlerquotienten. Diesen entnahm er einer Liste, die allen Lehrern des Fachbereichs Deutsch vorlag und für bestimmte Fehlerzahlen Noten vorsah, die durch die Schulleitung vorgegeben waren. Yes, das war gut, dachte Kramer. Die Schulleitung in die Argumentation einzubauen war immer sinnvoll, denn so konnte er die Verantwortung zumindest teilweise von sich schieben. Es gäbe da leider keinen Verhandlungsspielraum, fuhr er fort. Außerdem ginge die Rechtschreibnote ja nur mit fünfundzwanzig Prozent in die Gesamtnote ein. Vielleicht wäre die von der Schule angebotene Deutschfachförderung aber trotzdem etwas für Torben-Hendrik. Er würde sich gleich am Montag darum kümmern und mal nachfragen, ob noch ein Platz frei sei.

Frau Wissmann-Pitzorec schienen diese Ausführungen wenig zu beeindrucken. Klein beigeben war nicht ihr Ding, und gerade als sie erneut die Motivationskeule schwingen wollte, wurde es Kramer zu bunt. Von der Pinnwand über seinem Schreibtisch nahm er kopfschüttelnd einen Zettel, auf dem mit großen Buchstaben «PRO 5» geschrieben stand. Auf diesem Zettel hatte er eine Reihe von Argumenten für die Verteilung von schlechten Noten, die den Eltern den Wind aus den Segeln nehmen sollten. Er konnte die Sätze bereits auswendig herunterbeten. Allerdings war es das erste Mal, dass er sie bei einer Drei minus einsetzen musste.

«Jetzt hören Sie mir mal gut zu, Frau Wissmann-Pitzorec», begann Kramer bestimmt und seine Stimme wurde lauter. Sein Gegenüber sollte nun endlich begreifen, dass sie an einem Punkt des Gesprächs angelangt waren, wo Kramer keinen Spaß mehr verstand. Strategisch begann er zunächst mit positiver Bestärkung. Torben-Hendrik sei ein großartiger Junge, offen, zugewandt, freundlich sowieso. Er arbeite im Unterricht motiviert und interessiert mit und so weiter und so fort. Hier ginge es aber nun mal um die Bewertung eines Aufsatzes, von dem sie in diesem Jahr noch zwei weitere schreiben würden. Es handelte sich also um eine Einzelleistung, die am Ende nur einen kleinen Teil der Jahresnote ausmache. Und schließlich ginge es nicht um eine mangelhafte oder ungenügende Note, sondern um eine Drei minus, also eine Leistung im noch befriedigenden Bereich. Wenn dies bereits zu motivationalen Erschöpfungszuständen bei Torben-Hendrik führen sollte, was er, Kramer, jedoch im Unterricht bisher nicht beobachtet habe, so solle Sie doch bitte ihre Erwartungshaltung etwas zurückschrauben und damit aufhören, Ihren Sohn derartig unter Leistungsdruck zu setzen. «Aber ...», ertönte es merklich zurückhaltender aus dem Hörer.

Hinzu komme, schnitt er ihr das Wort ab, dass ein Deutschaufsatz eine komplexe Größe sei, nicht zu vergleichen mit einer Mathematik- oder Geografiearbeit. Neben inhaltlichen Kriterien spielten auch der Aufbau des Geschriebenen, die Orthografie und auch so etwas wie Originalität und Einfallsreichtum eine Rolle. Da ließen sich eben nicht einfach irgendwelche Punkte zusammenrechnen oder Fehler zählen.

«Ja, aber ...», setzte sie noch einmal an.

Die Bewertung von Torben-Hendriks Räuber-Hotzenplotz-Aufsatz erfolge nicht willkürlich, sondern unter Bezugnahme auf die im Unterricht erarbeiteten und geübten Inhalte und auch in Relation zu der Leistung anderer Schüler, gab er zu bedenken. Darüber hinaus verwies er auf das Notenspektrum, das nun mal die Noten Eins bis Sechs umfasse und eben auch für dieses Gymnasium gelte. Neben den allgemeinen gymnasialen Ansprüchen verfolge er natürlich auch seine eigenen, die durchaus erfüllbar seien, dies zeigten schließlich die Ergebnisse anderer Schüler. Und gerade mit Blick auf die Leistung ebendieser Schüler und nicht zuletzt um die Glaubwürdigkeit und Aussagekraft der einzelnen Noten zu gewährleisten, werde er deshalb auch in Zukunft auf das volle Notenspektrum zurückgreifen. Das würde Sie sicher verstehen.

In Zukunft wünsche er sich mehr Vertrauen in seine Arbeit als Lehrer; ihr wünsche er noch einen schönen Abend und ein schönes Wochenende. Dabei legte er die Betonung auf die Wörter Abend und Wochenende, um ihr klarzumachen, dass er künftig keine Telefongespräche nach 20 Uhr und schon gar nicht am Samstag oder Sonntag mehr mit ihr führen werde. Dann drückte er wutentbrannt das rote Hörersymbol auf dem Tastenfeld und warf den Hörer aufs Bett.

Er war richtig zufrieden mit sich. Tolle Sätze hatte er da, ohne zu lallen, heruntergeleiert. Kramer war beeindruckt und nahm einen tiefen Schluck aus der Bierflasche. Wie er es dieser Frau gezeigt hatte. Am liebsten hätte er sich selbst umarmt oder zugejubelt. Vielleicht würde das Gespräch noch ein Nachspiel haben, Frau Wissmann-Pitzorec war es durchaus zuzutrauen, dass sie gleich zu Beginn der nächsten Woche zu Frau Jelinek, der Direktorin seiner Schule, marschierte und sich über ihn beschwerte, aber das juckte ihn gerade nicht.

Überschwänglich stellte Kramer die halb leere Flasche auf dem Schreibtisch ab, sodass sie wankte und schließlich umfiel. Das Bier schwappte heraus und lief als gelblich prickelnder Schaum über die Schreibtischunterlage, eine laminierte Weltkarte, die er als Jugendlicher zur Kontoeröffnung von der Sparkasse geschenkt bekommen hatte. Der Strom stoppte erst kurz vor Erreichen der rosafarbenen DDR. Gerade noch rechtzeitig konnte Kramer den Unterrichtsentwurf in Sicherheit bringen, den er nächste Woche im Prüfungsamt abgeben musste. Es war der Entwurf zur letzten und entscheidenden Prüfungsstunde seines zweiten Staatsexamens.

Das Thema seiner Prüfungsstunde war das Gradnetz der

Erde. Geografie, Klasse 5. So stand es im Rahmenplan. Die Schüler waren ihm freundlich gesonnen, mochten ihn sogar und fanden ihn witzig. Manche waren auch einfach nur beeindruckt, weil er immer die neusten Hummel-Sneakers trug, die sie selber so gerne gehabt hätten. Um in der Gunst der Schüler nicht abzurutschen, hatte er in der vergangenen Stunde überdies keine Hausaufgaben aufgegeben.

Sein Fachleiter, ein alter verknöcherter Mann kurz vor der Pension, hatte dagegen stets etwas auszusetzen. «Ein guter Einstieg ist wichtig, Kramer. Sie müssen die Schüler motivieren, sie animieren, sich mit dem Unterrichtsgegenstand auseinanderzusetzen und Fragen zu stellen. Und vergessen Sie nicht, die Sozialform zu wechseln. Nichts ist eintöniger als immer nur Gruppenarbeit. Wir wollen *Sie* sehen, Kramer, verstehen Sie? Und denken Sie an die Vertiefungsphase, dass sie am Ende noch eine didaktische Reserve in petto haben. Das war bisher nix.» Hinweise, die durchaus wertvoll waren, doch entbehrte es nicht einer gewissen Ironie, dass sein Fachleiter selbst von diesen goldenen Regeln in seinem Unterricht keinerlei Gebrauch machte.

Kramer hatte sich redlich Mühe gegeben, der Anweisung Folge zu leisten. Er hatte kurzerhand einen Morseapparat organisiert, den er zu Beginn der Stunde herumgeben wollte, als haptische Erfahrung eines originalen Gegenstandes, wie es in seinem Didaktik-Buch stand, in der Hoffnung, dass zumindest einer seiner Schüler damit etwas anzufangen wusste.

Wenn das nicht der Fall war, wollte er über das interaktive Whiteboard Morsezeichen «einfliegen» lassen, hinter denen sich der Satz «SOS – Eisberg gerammt» verbarg. Die Schulleitung hatte in einigen Fachräumen solche Whiteboards angebracht, die jedoch von niemandem so richtig genutzt wurden, weil sie immer wieder ohne ersichtlichen Grund abstürzten oder sich partout nicht dazu herablassen wollten, die Handschrift der Lehrkräfte anzuerkennen und digital wiederzugeben. Für Kramer war ihr Einsatz zudem ein besonderes Wagnis, da er als Linkshänder permanent mit der Handfläche über die sensible Oberfläche wischte, was bisweilen zu einem Aussetzen der verwendeten Werkzeuge bis hin zu einem Totalausfall des Programms geführt hatte.

Die Kinder sollten den Satz in Zusammenarbeit mit ihrem Tischnachbarn mithilfe eines eingeblendeten Morsealphabets entschlüsseln und sich darüber austauschen, von wem dieser Hilferuf wohl gefunkt wurde. Kramer rechnete damit, dass die Schüler wichtige Informationen und Vorwissen über den Untergang der Titanic zusammentragen würden, bevor dann über die Frage gesprochen werden sollte, auf welche Weise man das Schiff auf den Weiten des Meeres finden könnte.

Sein Fachleiter sah es besonders gern, wenn die Schüler ihre Hypothesen zu Beginn der Stunde auf der einen Tafelhälfte notierten. «Dann können Sie diese Vermutungen am Ende noch einmal unter die Lupe nehmen und mit den Erkenntnissen aus der Stunde vergleichen. Ganz wichtig, Herr Kramer!», hatte er ihm bei einem seiner letzten unangekündigten Besuche zugeraunt. Und Kramer würde ihm jetzt, wo es um alles ging, diesen Gefallen tun, auch wenn er sich ein wenig dafür schämte, ein schäbiger Opportunist zu sein, der alles tat, um seinem Fachleiter doch wenigstens einmal noch zu gefallen.

In der nächsten Phase des Unterrichts galt es diese Motivation aufzugreifen und selbstständig weitergehende Informationen über das Gradnetz mithilfe eines Arbeitsblattes zu erarbeiten und mit dem so gewonnenen Wissen einen Lückentext zu ergänzen.

Kramer würde währenddessen auch individuelle Hilfestellung geben, herumgehen und gezielt fördern, da ging kein Weg dran vorbei, obwohl er sich in der Stillarbeitsphase normalerweise lieber ans Pult setzte und die Beine hochlegte. In der Prüfungsstunde ging das natürlich nicht. Schließlich musste er seinen Fachleiter davon überzeugen, dass er in der Lage war, eine Schulklasse so zu unterrichten, wie der es gerne sah. Gelungen war ihm das bisher noch nicht so richtig, obwohl er über das zwei Jahre andauernde Referendariat zum Speichellecker geworden war, einem Lakai ohne eigene Meinung, der sich ganz den Vorlieben und Forderungen seines Fachleiters unterworfen hatte, ohne diesen jedoch auch nur ansatzweise genügen zu können.

Die Erarbeitungsphase war auf zehn Minuten angelegt, dauerte in der Regel aber doppelt so lange, weil allein das Herauskramen von Papier und Stift in dieser Klassenstufe fünf Minuten dauerte, begleitet von Fragen wie «Sollen wir kariertes oder liniertes Papier benutzen?» oder «Sollen wir mit Füller schreiben oder geht auch ein Kugelschreiber?». Darauf folgte schließlich die Sicherungsphase. Der Lückentext wurde über das Whiteboard projiziert und Schritt für Schritt ausgefüllt.

War diese Phase überstanden, erfolgte der Rückgriff auf den Einstieg, um die Stunde rund zu machen. «Zu einem Ganzen», wie sein Fachleiter behauptete. Auf der Basis der neu gewonnenen Informationen sollten die Schüler nun die Koordinaten der im Verlauf der Unterrichtsstunde schließlich doch untergegangenen Titanic bestimmen und an einer Wandkarte verorten. Würde das gelingen, war das Stundenziel erreicht und Kramer erlöst. Die Aussichten waren jedoch alles andere als rosig, denn eigentlich hatte Kramer bisher noch nie das geplante Ende einer Stunde erreicht. Schließlich mussten ganz zum Schluss ja auch noch die Hausaufgaben geklärt werden, denn, so hatte ihm sein Fachleiter eingebläut: «Eine gute Stunde schließt immer mit einer sinnvollen Hausaufgabe, merken Sie sich das, Kramer.»

Kramer war da durchaus anderer Meinung und verzichtete gerade bei einer guten Stunde, in der die Schüler engagiert mitgearbeitet hatten, auf eine Hausaufgabe, nicht zuletzt, um in ihrer Gunst auch weiterhin ganz oben zu stehen. Mit Blick auf die Prüfungsstunde eine äußerst wichtige Sache, die aber auch mit dem Verteilen von Bonbons oder Gummibärchen in der Folgestunde zu erreichen war.

Er hatte also ein weiteres Arbeitsblatt entworfen, das ein Bild von Angelina Jolie in einer atemberaubenden Robe von Atelier Versace auf dem roten Teppich der *Salt*-Premiere 2010 in Moskau zeigte. Sie sprach die Schüler durch eine von Kramer eingefügte Sprechblase direkt an und forderte sie auf, anhand der auf ihren Oberarm tätowierten Koordinaten die Geburtsorte ihrer zahllosen Kids herauszufinden. Die Schüler sollten auf diese Weise noch einmal den Umgang mit dem Gradnetz festigen und gleichzeitig die Arbeit mit dem Atlas trainieren, so die Begründung im Entwurf. Das war's. Wir sehen uns in der nächsten Woche. Danke und tschüss.

Im Grunde genommen war Kramer mit seinem Unterrichtsentwurf zufrieden. In der Theorie war er eigentlich ganz gut. Nur die praktische Umsetzung machte ihm hin und wieder Schwierigkeiten, zumindest sah das sein Fachleiter so. Kramer mochte den weißhaarigen Mann mit Halbglatze und schmieriger Hornbrille nicht besonders und der wusste das. Er war ein Vertreter jener Lehrergattung, um die er zu seiner Schulzeit einen großen Bogen gemacht hatte, weil sie immer irgendeinen doofen Spruch losließ, der auf seine Kosten ging und für allgemeines Gelächter sorgte. «Kramer! Sie haben echt überhaupt keine Ahnung, aber davon ziemlich viel!» war zum Beispiel der Lieblingsspruch seines Chemielehrers gewesen. Und in Mathe, wo sich Kramers Verständnis ebenfalls sehr in Grenzen hielt, musste er sich Sprüche anhören wie «Morgen bringe ich ein langes Schwert mit, Kramer, und dann wirst du am eigenen Leibe erfahren, was eine Sekante ist» oder «Aus Ihnen wird sowieso nichts, Kramer, also sparen Sie sich die Mühe und bewerben Sie sich gleich irgendwo als Verkäufer».

Heute war er einer von ihnen, und solche Lehrer waren glücklicherweise nicht mehr in der Mehrheit, aber noch häufig genug in den Klassenräumen vertreten. Sture Besserwisser, die sich selbst allzu ernst nahmen und unfähig waren, Kritik zu ertragen oder gar über sich selbst zu lachen. Für genau diese Lehrer, die nun Kramers Kollegen waren, war er ein Eindringling, den sie tagtäglich ihre Verachtung und Geringschätzung spüren ließen. Am Anfang seines Referendariats hielten sie ihn gar für einen Schüler, der ihren heiligen Tempel entweihte. Schnippisch stellten sie ihn zur Rede, was er denn im Lehrerzimmer zu suchen hätte, und forderten ihn auf, den Raum unverzüglich zu verlassen. Amüsiert sagte er seinen Namen und stellte sich als Referendar vor, der nun zwei Jahre an der Schule beschäftigt sein würde. Abschätzig blickten sie dann an ihm hinunter, murmelten mürrisch etwas von Erwachsenwerden und Mitturnschuhenindieschulekommendasmussjanunwirklichnichtsein und zogen auf ihren Mephisto Bruno 9000 ab; mit ihnen ging dieser typische Lehrermief, ein modrig süßer Dunst aus kaltem Achselschweiß und Kaffee-Mundgeruch. Für sie war das Rot ihres Korrekturstiftes wahrscheinlich das einzige bisschen Farbe in ihrem Leben, dachte Kramer, und irgendwie taten sie ihm leid.

Zu Beginn seines Referendariats hatte er Stunde um Stunde damit verbracht, bei seinen Kollegen zu hospitieren, vorausgesetzt, sie ließen ihn überhaupt mitkommen und wimmelten ihn nicht gleich unwirsch ab. «Heute geht nicht», «Ich gebe nur eine Arbeit zurück und bespreche sie dann ausführlich» oder «Da müssen Sie mich früher ansprechen. So zwischen Tür und Angel nehme ich niemanden mit», hieß es dann. Durfte er doch mit, dann saß Kramer im hinteren Teil des Klassenraumes auf einem viel zu kleinen Stuhl und war mühsam damit beschäftigt, wach zu bleiben, damit er den erfahrenen Kollegen über die Schulter gucken und neue pädagogische Erkenntnisse gewinnen konnte. Doch in der Regel war da nicht viel zu holen. «Kommen Sie ruhig mit, Herr ... Herr ...?» – «Kramer.» – «Herr Kramer. Aber erwarten Sie jetzt keine didaktischen Höhenflüge. Ich zeige nur alltäglichen Unterricht. Was Ihnen im Referendariat beigebracht wird, das schaffen Sie nachher sowieso nicht mehr.» Und so ging es dann in die Klassen. Tagein, tagaus.

Kramer lebte in ständiger Furcht, dass die Freud'sche Internalisierung eines Tages an die Tür des Lehrerzimmers klopfte, um ihm zuzurufen: «Kramer, es ist vollbracht. Du bist jetzt einer von denen!» Doch bislang war das glücklicherweise noch nicht geschehen.

Gut, es gab immer mehr junge Kollegen an seiner Schule, sodass es genug Möglichkeiten gab, den älteren aus dem Wege zu gehen. Wirklich guten Kontakt pflegte er nur zu wenigen von ihnen, und auch die blieben allenfalls so etwas wie Schulfreunde. Ansonsten hatten sie nichts miteinander zu tun.

Ein paar seiner Schulfreundekollegen hatte er aus Höflichkeit zu seinem Geburtstag eingeladen, doch irgendwie standen sie nur so herum und blieben unter sich, während seine wahren Freunde sich angeregt unterhielten oder im zur Tanzfläche umfunktionierten Zimmer seiner Mitbewohnerin tanzten. Soziales Cross-over schien nicht ihr Ding zu sein. Gesellte er sich zu ihnen, um sie zu fragen, ob es ihnen gefiele, antworteten sie brav: «Jaja, ist nett ...», und unterhielten sich weiter über irgendwelche Kollegen, Schüler oder Eltern, Themen, die Kramer dazu veranlassten, schnell wieder das Weite zu suchen.

Mit den Schülern kam er eigentlich ganz gut klar. Eigentlich, denn Kinder, die zu Hause machen durften, was sie wollten, gingen ihm gehörig auf die Nerven. Diese Kinder waren der Auffassung, in der Schule sei das nicht anders. Kramer nannte sie die Vanish-Oxi-Action-Kids, Kinder, deren Mütter fröhlich lachten, wenn der Nachwuchs mit dem Mittagessen spielte und sich die Tomatensoße auf Hemd und Hose schmierte, um die hausfraulichen Qualitäten der Alten zu testen, welche dem pinken Vanish-Set unter der Spüle vertraute und den Flecken im Nu den Garaus machte.

Doch am allerschlimmsten waren die Schüler in Klassenstufe 8, zumindest, seitdem die Pubertät sich entschieden hatte, bereits im Alter von dreizehn zuzuschlagen, um aus den fröhlichen Kindern, die größtenteils motiviert dem Unterrichtsgeschehen folgten, einen Haufen desinteressierter, verpickelter Teenager zu machen. Im Unterricht zuzuhören und mitzumachen kam bei vielen erst irgendwo hinter tratschen, giggeln, frech grinsen, Hausaufgaben vergessen, Unterrichtsmaterialien nicht dabeihaben und Justin Bieber.

In letzter Zeit waren in Kramer Zweifel aufgekommen, ob er wirklich den richtigen Beruf ergriffen hatte. Wenn er nach nervenaufreibenden Stunden im Klassenraum zurückblieb, um die letzten Stühle hochzustellen oder Noten einzutragen, wenn das Gelächter der Schüler verstummt war und er die Stille genoss, die den Raum erfüllte, dann dachte er darüber nach, was er eigentlich hatte werden wollen, über die großen Wünsche, die er einst hatte, bevor ihm der Kompass abhandengekommen war, der ihn durchs Leben führen sollte.

Als Kind wollte er Dekorateur werden. Ein Blick in seine zahlreichen «Das sind meine Schulfreunde»-Bücher verriet darüber hinaus, dass er sich seine Zukunft auch als Innenarchitekt, Journalist oder Gärtner vorstellen konnte. Oder Schriftsteller. Wie Astrid Lindgren oder Selma Lagerlöf, auf der Veranda eines schwedischen Hauses sitzend und sich Geschichten ausdenkend, so hatte er sich seine Zukunft vorgestellt.

Dann kam er auf die Idee, Schauspieler zu werden, weil er in der fünften Klasse durchweg gute Kritiken für seine Rolle als kleiner grüner Tannenbaum in einem Weihnachtsstück erhalten hatte. Doch währte dieser Wunsch nicht lang, denn schon bald entwickelte sich mit der ersten Intimbehaarung auch ein ausgeprägtes Schamgefühl, das es ihm unmöglich machte, vor andere Menschen hinzutreten und ihnen etwas vorzuführen. Er genierte sich bei jeder Kleinigkeit und freundete sich mit dem Gedanken an, nun doch wieder Gärtner zu werden oder vielleicht noch besser Tierarzt.

Als nach Abitur und Zivildienst der Versuch gescheitert war, einen Studienplatz an einer Kunsthochschule zu bekommen, begann er eine Ausbildung zum Fotografen, jedoch war er der ständigen Konfrontation mit hässlichen, aber eitlen Menschen nicht gewachsen, die sich mal in Hochzeitskleidern mit Puffärmeln, Tüllschleier und Drei-Meter-Schleppe, mal hüllenlos in stimmungsvoller Low-Key-Beleuchtung und mit Softtönerlinse auf dem Ilford-XP2-400 verewigen ließen.

Er wollte mehr erleben als das, was er bisher zu sehen bekommen hatte, packte seine Sachen und verließ an einem Tag im Oktober seine Heimatstadt.

Kramer machte sich einen Leitspruch Shakespeares zu eigen, den er mal auf einem Kalender gesehen hatte. Er wusste nicht genau, wohin er wollte, war aber frohen Mutes, gerade auf diese Weise am weitesten zu kommen. Eine Lebenseinstellung, die er sich nicht ausgesucht hatte, die vielmehr in einer gewissen Entschlussunfreudigkeit begründet lag, die ihn zeit seines Lebens auf seinen zögerlichen Schritten und Tritten zu begleiten schien.

Sehr weit war er nicht gekommen. Gerade mal zweihundertfünfzig Kilometer. Dann ließ er sich nieder, suchte sich eine WG und begann Geografie und Deutsch auf Lehramt zu studieren. Etwas Besseres war ihm auf die Schnelle nicht eingefallen, und irgendwie ging es auch erst einmal nur darum, raus- und wegzukommen. Sich von den Eltern lösen, herausfinden, wer man war und was man wollte, und all diese Sachen.

Kramer brauchte zehn Semester, dann hatte er alle Scheine erworben. Im Lauf des Studiums war er der Schulpraxis nur so nah gekommen, wie es unbedingt sein musste. Er hatte insgesamt gerade mal vier Stunden in den zu absolvierenden Praktika unterrichtet und sich stattdessen stärker auf Nebenjobs konzentriert, um ein bisschen Geld zu verdienen, das er dann für Klamotten ausgeben konnte oder zum Verreisen.

Und da saß er nun. Gefangen in einem Tagesablauf, der darin bestand, immer nur das Gleiche zu tun: schlafen, aufstehen, Schule, schlafen, aufstehen, auf den Crosstrainer steigen oder zum Schwimmen gehen, Unterricht vorbereiten, dann wieder schlafen. Selbst der Gang auf die Toilette war bis ins Detail durchorganisiert. Beim Kacken las er die Tageszeitung und putzte sich nebenbei die Zähne.

Er nahm das alles in Kauf angesichts zahlreicher Vorzüge, die auf ihn warteten: Er hatte ein sicheres Einkommen, das mit etwa 40.000 Euro im Jahr zufriedenstellend ausfiel, viel Zeit für sich und die Gewissheit, unkündbar zu sein. Und wenn schon kein Wunschberuf, so war es doch ein Luxusjob in Zeiten von Wirtschaftskrise und Hungertuchnagen in vielen Branchen. Obendrein winkte in ein paar Jahren die Verbeamtung und er konnte sich Studienrat nennen. Also nahm er sein bestes Hemd aus dem Schrank, vergaß jeden Selbstzweifel und fuhr an einem Tag im Mai zum Studienseminar, um seinen Amtseid abzulegen.

Beck's #5 (0,8–1,0 ‰)

23:23 blinkte es auf der roten Anzeige seines Weckers. So langsam fing der Alkohol im Körper an zu arbeiten. Ein angenehmes Gefühl, dieser Moment, wenn es im Kopf so schön zu prickeln und kitzeln beginnt und die Beine anfangen zu kribbeln, dachte Kramer. Eigentlich war es der schönste Moment am Abend, wenn man wusste, bald ging es los, raus in die Nacht. Tanzen. Feiern. Spaß haben. Doch heute war ihm weniger zum Feiern zumute. Heute war der Alkohol eher Trostspender und Seelenpflaster. Nicht mit gehissten grünen Segeln und gut gelaunter, braun gebrannter Crew ging es dem Sonnenuntergang entgegen, sondern allein saß er da wie ein Schiffbrüchiger in einem ramponierten Kahn, der irgendwie nicht vor und nicht zurück kam und vergeblich auf eine Windböe wartete. Wie einst die Seefahrer auf ihren Touren über die Weltmeere, kam es Kramer in den Sinn, und er warf einen Blick in den Diercke-Atlas, der aufgeschlagen auf dem Boden lag.

Erst kürzlich hatte er im Geografieunterricht in seiner elften Klasse den Passatkreislauf behandelt. Die Schüler sollten erklären, wie durch das Zusammenspiel von Sonnenstand, aufsteigender Luft und Erdrotation das tropische Windsystem entstand. Johanna, siebzehn, überschminkte Wiederholerin und passionierte Kaugummikauerin, klagte, dass sie den tropischen Regenwald echt satthätte und ihn nun schon zum dritten Mal durchnehmen müsse, nach Klasse 7 und dem letzten Jahr. Ob sie nicht was anderes machen könnten. Eis essen zum Beispiel oder einen Film gucken. Dabei blies sie ihren Kaugummi zu einer großen Blase auf, ließ geschickt die Luft durch den Mund wieder ab und kaute stoisch weiter. Kramer verneinte, es täte ihm zwar leid, dass er sie langweile, aber auch er müsse sich hin und wieder an die von den Rahmenrichtlinien vorgegebenen Themen halten. Sie solle sich auf das Wesentliche konzentrieren, was in dieser Stunde nun einmal der Passatkreislauf war, und eventuell könnten sie dann fünf Minuten eher Schluss machen. Kramer fügte hinzu, dass sie ihr Kaugummi zwar weiterkauen könne, wegen Sauerstoffversorgung im Gehirn und so, sollte sich jedoch bemühen, dabei weniger wie eine wiederkäuende Kuh auszusehen.

Doch Johanna hatte auch dieses Jahr nicht wirklich Lust, sich auf das Thema einzulassen, und ließ ihren müden Blick ziellos auf der Luftdruckkarte des Diercke-Atlas umherwandern. Hin und wieder überprüfte sie mit einem skeptischen, dann zufriedenen Gesichtsausdruck ihre knallrot lackierten Fingernägel.

«Herr Kramer, was sind denn das für komische rote Kreise da beim Ecuador?», rief sie in den Raum.

«Wo meinst du, Johanna?», fragte Kramer nach.

«Na, auf der Karte, die wir aufschlagen sollten. Da am Ecuador!», wiederholte die Schülerin.

«Ich glaub, sie meint den Äquator, Herr Kramer», meldete sich David. Kramer warf ihm einen zustimmenden Blick zu und empfahl Johanna, sich die Legende einmal genauer anzuschauen.

«Die was?», fragte Johanna ratlos.

«Die Spalte rechts von der Karte, dort, wo die Erklärungen stehen.»

«Ach so, sagen Sie das doch gleich. Da steht aber nichts.» Johanna rümpfte die Nase und legte die Stirn in Falten. Sie wirkte ratlos.

«Guck einfach mal ganz genau hin», erwiderte Kramer ruhig.

«Aaaah ja, da.» Johanna lächelte zufrieden. Sie freute sich, als hätte sie einen neuen Kontinent entdeckt. Eine Tatsache, die bei ihren enormen Wissenslücken durchaus nicht verwunderlich war, denn im Grunde war für Johanna die ganze Erde ein weißer Fleck, wenn man einmal von Lloret de Mar und dem Balaton absah, wo sie mit ein paar Klassenkameradinnen die Frühjahrsferien verbracht hatte.

Johanna gehörte zu jenen Schülerinnen, die trotz zahlreicher Gespräche und Mahnungen das Bildungsangebot der Schule nur sporadisch wahrnahmen. Bedauerlicherweise war ihr der kontinuierliche Unterrichtsbesuch aufgrund chronischer Unterleibs-, Kopf- und Magenschmerzen verwehrt, wie ihre selbst geschriebenen Entschuldigungen zeigten, die sie Kramer grinsend zu Beginn jeder dritten Stunde vorlegte.

«Äqua..., äquatoriale Kalmen und Kalmen der Rossbreiten. Das soll jemand verstehen. Wieso denn Rossbreiten? Kann man da reiten oder was?!»

«Nee, das ist das Hauptfanggebiet für Seepferdchen, Johanna, ey, weißte!», ertönte es aus der letzten Reihe. Ein paar Schüler kicherten.

«Ach, halt du doch das Maul, du hast ja auch keine Ahnung, was das ist, Mann ...», keifte Johanna zurück.

Also erklärte Kramer den Schülern, dass die Rossbreiten für die Lösung der Aufgabe zwar nur von untergeordneter Bedeutung seien, es sich aber um ein Gebiet auf der Erde handelte, in denen häufig Flaute herrschte. «Hier saßen die Seefahrer oft wochenlang in der Windstille fest, und um nicht zu verdursten, beschlossen sie, sich von den mitgeführten Pferden zu trennen. Und so warf man sie dann einfach über Bord oder schlachtete sie, um sie zu essen.»

«Voll fies!», rief Johanna. «Das sollte mal einer mit den Seeleuten machen! Schließlich ...»

«Ja, voll fies», unterbrach Kramer sie. «Und voll fies ist auch, dass wir in fünf Minuten eure Ergebnisse vergleichen. Eine Gruppe wird nach vorne kommen und präsentiert ihr Schema am Overheadprojektor!»

«Och Mönsch, Herr Kramer, Sie sind gemein. Können wir nicht doch lieber 'nen Film gucken oder Eis essen gehen?»

Johanna guckte ihn erwartungsvoll aus ihren großen, naiven Augen an, und Kramer hatte das untrügliche Gefühl, dass er sich gerade in den Rossbreiten seines kleinen, beschissenen Lebens befand, an einem Ort, an dem es kein Vor und kein Zurück mehr gab. Jetzt musste er nur noch jemanden finden, den er schlachten konnte; sein Blick fiel auf Johanna, die unter dem Tisch mit ihrem neuen iPhone 5 spielte.

Seufzend ging Kramer durch sein Zimmer. Zwölf Quadratmeter vollgestopft mit CDs, Büchern und Möbeln von Ikea. Staubflusen wirbelten durcheinander, als Kramer in die Küche lief, um ein neues Bier zu holen.

Warum warf ihn die Sache mit Christoph nur so aus der Bahn? Warum konnte er nicht einfach weitermachen wie bisher? Das Ganze beiseitelegen wie die Klassenarbeiten, die vor dem Schreibtisch auf dem Boden lagen und die er bereits fertig korrigiert hatte.

Im Grunde war die Option, so weiterzumachen wie sonst, nicht wirklich erstrebenswert. Er führte ein Leben, das er selbst so langweilig fand, dass er fast jede Woche ins Kino ging. Dort konnte er ganz ungeniert zum Voyeur werden und in den Welten anderer Leute herumstöbern, um Abstand zu gewinnen von der eigenen Tristesse. Am liebsten schaute Kramer sich Filme an, die tragisch endeten oder bereits tragisch begannen, so ließ sich das eigene Leid zumindest für ein paar Stunden relativieren. So wie er es in seiner Jugend gemacht hatte, wenn er abends im Bett die schrecklichen Erzählungen vom Krieg verschlang, um danach selig einzuschlafen.

Als Julia und er vor Kurzem einen DVD-Abend geplant hatten, war sie mit den Filmen, die er ihr anbot, nicht einverstanden gewesen.

«Hast du nicht irgendetwas Unterhaltsames? 'ne kurzweilige Komödie oder so?» Kopfschüttelnd war sie die DVDs in seinem Regal durchgegangen. «Das ist ja nur so 'n Seelenschrott!»

Kramer verneinte. Alle DVDs, die er besaß, waren traurige Filme. Nichts, das zum Lachen einlud oder auch nur ansatzweise erheiterte.

«*Was nützt die Liebe in Gedanken?*, *Wir Kinder vom Bahnhof Zoo*, *Im Winter ein Jahr*, *Into the Wild*, *Schmetterling und Taucherglocke* ...», missbilligend murmelte Julia die Titel herunter und rümpfte die Nase, dann zog sie sich kurzerhand die Jacke über und rief ihm aus dem Flur zu, sie führe schnell mal in die Videothek.

Aber der Versuch, mit dem Leiden anderer vom eigenen abzulenken, funktionierte heute irgendwie nicht. Seltsamerweise empfand er sogar Erleichterung bei der Erkenntnis, dass er noch zu Empfindungen - ob traurig oder nicht - in der Lage war. Endlich spürte er sich mal wieder, wusste, dass der Gefühlshaushalt in Ordnung war und funktionierte. Er brauchte den Schmerz, um zu spüren, dass er noch lebte. Wie oft hatte er das Gefühl gehabt, er sei Statist in seinem eigenen Leben. Er fühlte sich leer, eingelullt in einen Alltag, der aus immer wiederkehrenden und immer gleichen Abläufen bestand und seit geraumer Zeit kein Glück versprach.

Die Frage nach dem, was ihn wirklich glücklich machte, hatte er nie zu stellen gewagt, doch jetzt forderte der Promillegehalt in seinem Blut eine Antwort. In der Unabhängigkeitserklärung der Vereinigten Staaten wurde das Streben nach Glück - the Pursuit of Happiness - sogar als unveräußerliches Menschenrecht betrachtet. Die Suche nach Glück als Grundlage des Zusammenlebens. Nur doof, wenn man nicht wusste, wo man suchen soll, dachte Kramer. Ratlos ließ er seinen Blick durch den Raum wandern, als verstecke sich das Glück irgendwo hinter den Regalen.

Im Königreich Bhutan wurde der Wohlstand der Bevölkerung nicht etwa nach dem Prokopfeinkommen ermittelt, sondern mit dem Begriff Gross National Happiness zum Ausdruck gebracht. Das Bruttonationalglück sollte die Balance zwischen spirituellen und materiellen Werten gewährleisten. Blieb ihm also als einzige Möglichkeit auszuwandern?

In seiner Verzweiflung griff Kramer zum Universallexikon, doch auch die Autoren der Brockhaus-Redaktion hatten keine Erklärung parat.

Seine Suche bei Amazon ergab 9.064 Treffer, allesamt Bücher, die sich mit dem Glück beschäftigten und deren Verkaufszahlen auf dem Unglück der Menschen beruhten, die sich so fühlten wie er. *Glück kommt selten allein*, *Glück: Alles, was Sie darüber wissen müssen, und warum es nicht das Wichtigste im Leben ist*, *Die zehn Geheimnisse des Glücks* lauteten die verheißungsvollen Titel. Auch der Dalai Lama hatte ein Regelwerk verfasst. *Regeln des Glücks* hieß sein Beitrag für die Suche nach der großen Unbekannten. Würde er durch die Lektüre all dieser Bücher wirklich zu einem glücklicheren Menschen? Würde sich mit den zahlreichen Glücksratgebern ein Meta-Glücksgefühl erreichen lassen? Kramer zögerte. Die Frage war doch: Wie sah ein Leben des reinen Glücks aus, ein Leben ohne Sorgen und ohne Leid? Gäbe es keine Sorgen, gäbe es auch keine Platten von Adele. Kramer grübelte.

Die Chemie des Glücklichseins war ja bereits entschlüsselt. Dopamin, Noradrenalin, Serotonin und eine ganze Palette weiterer körpereigener Glückshormone machten in der richtigen Dosis dem Miesepeterdasein ein Ende und aus dem Grübler Kramer einen heiteren Springinsfeld.

An einer Schule in Baden-Württemberg konnte man das Glücklichsein sogar erlernen, das hatte er zumindest neulich in der Zeitung gelesen. Am Nachmittag hatten die Schüler die Möglichkeit, das Fach «Glück» zu belegen. Als schulisches Angebot im Wahlbereich. Auf dem Lehrplan standen Einheiten wie «Das Glück des Augenblicks», «Freude am Leben» oder «Abenteuer Alltag». Glück als große Ganzheit von Seele und Körper, so hieß es dort, weil Glück eben nicht nur eine Kopfsache war, sondern auch durch den Körper erfahren wurde, durch Hormonausschüttungen, gewissermaßen einen Wohlfühltsunami, der alles Unglück und Unwohlsein einfach fortschwemmte. Gut, dass Kramer sein Abi schon in der Tasche hatte. Ganz sicher hätte er sich mit dieser Fächerkombination aufgrund seiner fatalen Glückslegasthenie den Abi-Schnitt versaut.

Als Kind war die Frage nach dem Glück irgendwie einfacher zu beantworten gewesen. Früher hatte sein Glück darin bestanden, zusammen mit den Eltern samstagabends die *Schwarzwaldklinik* zu schauen. Er war ein großer Fan von Sascha Hehn und Gabi Dohm gewesen. Auch der Pfleger Mischa, verkörpert durch Jochen Schröder, war einfach süß.

Neulich hatte Kramer eine Reportage über hochbegabte Autisten im Fernsehen gesehen. Die vorgestellten Personen litten am Asperger-Syndrom. Wobei man eigentlich nicht sagen konnte, dass sie litten, denn schließlich waren sie mit Superkräften ausgestattet, konnten sich Zahlen mit 30.000 Stellen merken oder sich die Topografie ganzer Kontinente einprägen. Da war es nur fair, dass sie neben ihren Spezialinteressen nicht auch noch Auto fahren konnten wie Michael Schumacher oder sozial interagieren wie Boris Becker, dachte Kramer und nahm einen tiefen Schluck Bier.

Für eine junge Frau aus diesem Film bedeutete Glück ganz einfach, täglich einen Teller frischen Wirsing zu essen. Ein Tag mit Wirsing war für sie ein guter Tag – ein Tag ohne Wirsing dagegen nicht vorstellbar, denn wie viele Asperger-Patienten war auch sie darauf fixiert, ihre Tagesabläufe möglichst gleichbleibend zu gestalten. Plötzliche Veränderungen überforderten sie und machten sie nervös. Der Wirsing schaffte Vertrauen und gab Orientierung.

War Christoph also der Wirsing in Kramers Leben? Bedeutete eine Beziehung zu führen möglicherweise, das ersehnte Glück zu erreichen und einen Orientierungspunkt in seinem

Leben zu schaffen? Kramer schüttelte den Kopf. Bis vor Kurzem hatte er sich nicht vorstellen können, sich überhaupt zu verlieben, geschweige denn eine Beziehung einzugehen. Er hielt es mehr mit Aristoteles, genügte sich selbst und war zufrieden. Kam ihm jemand zu nahe, begann sich bei ihm Platzangst breitzumachen. Und anstatt auf Tuchfühlung zu gehen, suchte er lieber Deckung und warf sich in einen Schützengraben aus Ironie und Sarkasmus, aus dem er ganze Salven von Aphorismen und selbstironischen Bemerkungen abfeuerte, deren hauptsächliche Funktion darin bestand, sein Gegenüber auf Distanz zu halten. Er mimte den lockeren Kumpel, mit dem man jederzeit lachen, aber keinesfalls flirten konnte.

Freunde sprachen ihm Mut zu und er bekam häufig Sätze zu hören wie «Ach, du findest sicher noch den Richtigen» oder «Auf jeden Topf passt auch ein Deckel». Doch das war bisher nicht geschehen. Und warum ging überhaupt jeder davon aus, dass das Glück nur in der Zweisamkeit zu suchen war? Kramer hatte über die Jahre viele Paare beobachtet, die ihm als abschreckende Beispiele dienten. Da gab es die, die sich permanent stritten und unglücklich Seite an Seite lebten, nur vom Alltag zusammengehalten und der Furcht, allein zu sein. Oder jene, die es nur noch als Wir gab, die alles miteinander teilten und machten. Deren chronisches Bedürfnis, der ganzen Welt zu zeigen, wie glücklich sie waren, unerträglich war. Ein typisches Beispiel dieser zweiten Kategorie waren Ulrike und Ulf.

Kramer hatte die beiden auf einer Referendarsparty kennengelernt. Er war ihnen im Treppenhaus in die Arme gelaufen. Ulf trug ein auffälliges T-Shirt mit der Aufschrift «Morgens immer recht, nachmittags frei», Ulrike irgendetwas Ödes von Esprit.

«Entschuldigung», murmelte Kramer und wollte sich schnell aus dem Staub machen. Doch da hatte er die Rechnung ohne Ulrike und Ulf gemacht.

«Wolltest du auch zur Referendarsparty?», fragten sie ihn neugierig.

«Ähm, eigentlich ...», druckste Kramer herum, merkte aber, dass ihm auf die Schnelle keine passende Ausrede einfiel. «Eh, ja, da wollte ich auch hin ...», stotterte er und lächelte die beiden unbeholfen an.

«Na, das is' ja dufte. Dann lass uns doch zusammen hoch.» Und schon nahmen sie ihn in die Mitte und schoben ihn die Treppe hinauf.

Auf der Party war noch nicht viel los und Ulrike und Ulf suchten weiterhin seine Nähe. Wie Katzen, Hunde oder kleine Kinder, die man nicht mochte. Die lassen einen auch nicht in Ruhe, dachte Kramer und lächelte Ulrike gequält an.

«Prostataaaa!», riefen die beiden Gefühlsexhibitionisten ihm plötzlich lachend zu, und Kramer konnte nicht verhindern, dass Ulrike und Ulf mit zwei gefüllten Gläsern Almdudler gegen seinen Wodka-Red-Bull schepperten. Kramer hatte sich entschieden, gleich mit hartem Alkohol zu beginnen, da Ulrike und Ulf keine Anstalten machten, ihn in Ruhe zu lassen.

Kramer selbst gefiel sich nicht sonderlich, wenn er zu viel trank. Er wurde dann zu einer billigen, ungelenken Go-go-Tänzerin, suchte den Raum nach Wänden, Stahlträgern oder gut aussehenden Partygästen ab, um unverzüglich auf sie zuzugehen und an ihnen auf und ab zu tanzen. Gab es einen Loungebereich, so warf er sich in Sessel und Sofas, machte eine Kerze und spreizte die Beine so weit auseinander, wie es sein Alter zuließ. Und wenn ihm bis dahin keiner seiner

Freunde Einhalt geboten hatte, rubbelte er sich mit Zeige- und Mittelfinger zwischen den Beinen herum und zog so die entgeisterten Blicke der Umstehenden auf sich.

Doch er musste das Risiko eingehen, ein wenig aus der Rolle zu fallen, anders stand er den Abend nicht durch; hilflos lächelte er Ulrike und Ulf zu. Die beiden – so erfuhr er schnell, ohne danach gefragt zu haben – teilten alles miteinander. Von den Lowa-Wanderschuhen über den Jack-Wolfskin-Anorak mit Goretex-Einlage bis hin zu ihrer Vorliebe für Apfelschorle, die es aber hier nicht gab, weswegen sie auf Almdudler ausgewichen waren.

Sie verbrachten jede freie Minute zusammen und beharrten stolz darauf, wie schön es sei, noch nie länger voneinander getrennt gewesen zu sein. Sogar an derselben Schule hatten sie einen Referendarsplatz bekommen, dabei guckten sie sich so glückselig an, dass Kramer schlecht wurde. Er bestellte kurzerhand einen zweiten Wodka-Red-Bull, denn nur so ließ sich der Ekel angesichts einer solchen Aufgabe jeglicher Eigenständigkeit betäuben.

Um ihrer Verbundenheit Nachdruck zu verleihen, sprachen Ulrike und Ulf nur noch in der ersten Person Plural. Gemeinschaftlich hatten sie einen Couscous-Salat gemacht. Den brachten sie immer mit, und das auch schon, als andere noch Mamas mayonnaisegeschwängerten Nudelsalat auf die WG-Küchentische stellten.

«Was hast du denn dabei?», fragte ihn Ulrike, die von allen nur Uli genannt wurde und auch Kramer anbot, sie so zu nennen, weil sie der Auffassung war, dass Uli irgendwie cooler klang als Ulrike. Dabei hielt sie beide Hände in die Luft und ahmte mit Zeige- und Mittelfinger Anführungszeichen nach. Die Gänsefüßchen-Gebärde machte sie gerne, um ihren

Gesprächspartnern zu verdeutlichen, dass sie das, was sie so alles von sich gab, nicht immer allzu ernst nehmen sollten. «Ich koche nicht», antwortete Kramer. «Ich nehme so viele Amphetamine, um das Referendariat durchzustehen, das drückt das Hungergefühl», dabei schaute er Uli herausfordernd an.

Die guckte kurz irritiert, lachte dann laut und nippte an ihrem Glas Wein, denn Ulf und Uli waren in der Zwischenzeit auf Dornfelder trocken umgestiegen, was ihrem Mitteilungsbedürfnis zu Kramers Bedauern leider keinen Abbruch tat.

In ihrer Freizeit machte Ulrike gerne Dinge wie Lesen, Schwimmen oder Voltigieren, erfuhr er nun. Verrückt. Und die restliche Zeit verbrachte sie mit dem Ulf. Den hatte sie *GDL*, und das schon seit der Schulzeit. Im Pädagogischen Seminar fielen sie durch Sätze auf wie «Mich friert, magst du das Fenster vielleicht zumachen?» oder «Es ist ganz wichtig, dass wir die kleinen Mäuse - so bezeichnete sie die zu unterrichtenden Schüler - da abholen, wo sie stehen».

Menschen, die es oft gut meinten, aber häufig schlecht machten. Zum Beispiel Hochzeitszeitungen in Schnellheftern, schlecht kopiert und vollgestopft mit witzlosen Uli-Stein-Cartoons und Diddl-Maus-Aufklebern. Gutmenschen, mit denen er sich äußerst ungern unterhielt. Sätze wie «Das Leben ist kein Ponyhof» oder «Ich lach mich weg» ließen ihn zu der Erkenntnis gelangen, dass sogar Selbstgespräche interessanter waren und Wissenswerteres zutage brachten als ein Gespräch mit diesen beiden. Zudem überkam Kramer bereits nach wenigen Minuten das Gefühl, irgendwo anders etwas verpassen zu können.

«Du benutzt Labello?», sprach Ulrike Kramer plötzlich in einem sorgenvollen Ton an, als dieser während ihres Gesprächs zum Lippenpflegestift griff. «Holla, die Waldfee! Da würd' ich aber aufpassen, da können die Lippen nämlich süchtig von werden.» Kramer verdrehte die Augen, sagte aber nichts weiter.

«Na, wie dem auch sei. Im Frühjahr fahren wir ja zum Wandern nach Mallorca, der Ulf und ich», laberte Ulrike weiter ungefragt drauflos. «Denn Mallorca hat ja auch schöne Ecken», ergänzte Ulf und er zwinkerte ihr solidarisch zu. Im Sommer folge eine zweiwöchige Radtour durch «Meckpomm», mit einem kurzen Badewochenende auf Usedom oder Rügen. Kramer könne sich gar nicht vorstellen, wie schön die Landschaft dort sei, das gehe echt auf keine Kuhhaut, und Urlaub in der Heimat sei ja ohnehin besser für die Umwelt wegen CO_2-Ausstoß und so.

Kramer lächelte gequält, als plötzlich *It's raining men* aus den Lautsprechern der Kompaktanlage ertönte und Ulrike lauthals schrie: «Saustark!» Dann stürmte sie in die Mitte des Raumes, um ungelenk Beine und Arme von sich zu werfen. Ihre mit Henna gefärbten Haare schüttelte sie hin und her, dass sich Kramer die Vermutung aufdrängte, es handele sich um einen epileptischen Anfall. Noch bevor Ulrike ihm kichernd den Finger auf den Kopf halten konnte, in der Absicht, ihn zum gemeinsamen «Abhotten» zu bewegen, suchte Kramer das Weite.

Er fand es auf der Toilette. Toiletten gaben ihm ein Gefühl von Sicherheit. Sie waren ein Ort, an dem man durchatmen konnte, auch wenn in der Nebenkabine gefurzt wurde und Fäkaliengeruch in der Luft lag. Ein Panic Room, in dem man in Ruhe gelassen wurde, zumindest so lange, bis von draußen jemand an die Tür hämmerte. Kramer stützte sich erschöpft auf dem Waschbecken ab. Kopfschüttelnd betrachtete er sein Spiegelbild. Von draußen tönte dumpf die Musik. Woher nahmen diese Ulrikes und Ulfs nur dieses seltsame Gefühl der Zufriedenheit, dachte Kramer. Immer positiv und so unsagbar offen, waren sie mit ihrem Leben auf unerträgliche Art im Reinen und mit dem Glück auf Du und Du. War es das peinliche Power-Balance-Bändchen, das Ulf an seinem Handgelenk trug, das möglicherweise für diese unsägliche Ausgeglichenheit sorgte? Ulf mochte dieses Armband ja positive Schwingungen bescheren, bei Kramer rief es akuten Brechreiz hervor. Und er kotzte kurzerhand ins Klo.

Nachdem er die schützende Toilette wieder verlassen und sich den Mund abgewischt hatte, sah er Ulf und Uli nur noch aus der Ferne. Keiner von beiden machte irgendwelche Anstalten, seine Nähe zu suchen oder gar mit ihm zu reden. Kramer betrachtete das vor Glückseligkeit strotzende Pärchen angewidert und hoffte insgeheim, dass Ulf sich bei der nächsten Slacklining-Session im Park selbst strangulierte.

Übertroffen wurden solche Ulfs und Ulrikes nur noch von Studenten der Sportwissenschaft. Auch die waren immer gut drauf, blickten nie zurück, sondern stets geradeaus, die Ziellinie oder das Podium fest im Visier. Kramer war mal mit zwei Sportkommilitonen ausgegangen, ließ den Kontakt dann jedoch schnell wieder ausklingen. Viel Geistreiches war aus den beiden nicht herauszubekommen, es sei denn, man interessierte sich für Aduktoren-Zerrungen, Laktosewerte und den monosynaptischen Muskeldehnungsreflex. Oder aber schlechte Witze. Denn nach zwei Weinbrand-Cola fingen die beiden damit an, Witze zum Besten zu geben. Und es gab nur eins, was Kramer mehr nervte als schlechte Witze, nämlich Menschen, die schlechte Witze schlecht erzählten.

Ihr Intellekt ließ ganz genau das vermissen, was ihr Körper jederzeit auf Tartanbahn, Tenniscourt oder Turnmatte zu zeigen in der Lage war: Brillanz, Schnelligkeit und Einfallsreichtum. In ihren Augen war ein gelungener Abend ein Abend voller Gelächter, und das wurde als kollektive Mannschaftsleistung zelebriert. So manches Mal war er unfreiwillig in diese Einenhabichnoch- oder Kenntihrdenschon-Situation geraten, in denen eine an gruppendynamischen Spielchen orientierte Haudrauf-Fröhlichkeit mit Polonäse-Blankenese, Bumsfallera und Vonhintenandieschultern seine Ohren penetrierte. Um da mitzumachen, fehlten ihm ganz einfach die Kondition und der nötige Ehrgeiz. Und so blieb Kramer wieder einmal außen vor, so wie einst, als er im Sportunterricht als Letzter auf der Bank sitzen blieb. Nur eines war diesmal anders: Dieses Mal belächelten sie ihn nicht oder ließen hämische Bemerkungen ab, sondern sie grölten ihm lauthals zu, er solle endlich aufstehen und mitmachen, alles sei doch so superlustig und hammer und so. Deshalb vertrieb er sich lieber die Zeit damit, seinen Blick prüfend die durchtrainierten Körper hinunter- und wieder hinaufwandern zu lassen, denn es waren genau diese Körper, die den kleinen, sexy Unterschied zu ihren Kollegen von der Pädagogischen Hochschule ausmachten: Langeweile und Einfältigkeit steckten in einer athletischen Hülle, hatten schmale Hüften, breite Schultern und starke Oberarme und ließen sich manchmal sogar zu etwas mehr als einem Dornfelder trocken hinreißen.

Ulrike, Ulf und auch die beiden Sportstudenten entstammten der gleichen Alterskohorte wie Kramer, aber das war auch schon alles, was sie verband. Ansonsten lagen Lichtjahre zwischen ihnen. Kramer hatte nichts mit ihnen gemein, nicht die gleichen Interessen, nicht die gleichen Hobbys, nicht den gleichen Geschmack. Und doch musste er sich hin und wieder eingestehen, dass er sie irgendwie beneidete. Es war ihre Arglosigkeit, auf die er eifersüchtig war und mit der sie in weißen Pluderhosen Capoeira tanzend oder barfuß auf Slackleinen dem Leben entgegentraten wie Philippe Petit. Kramer fehlten nicht nur die passenden Hosen, sondern auch ihr grenzenloser Optimismus, der durch nichts zu erschüttern war. Über die Jahre war er zu einem unzufriedenen Grübler geworden. Er ertrank in Fluten von Gedanken, brütete darüber, wie er bei anderen besser ankommen könnte, und als er merkte, dass das gar nicht so einfach war, gab er schließlich auf. «Glückliche Menschen mit glücklichen Partnern», dachte Kramer. Alles schien zusammenzupassen wie die Teile eines Ravensburger Puzzles. Die bekannte Geschichte von Topf und Deckel. Er dagegen war allein. Ein Wok.

Beck's #6 (1,0–1,2 ‰)

Kramer zog sich das rote American-Apparel-T-Shirt, das ein paar Bierspritzer abbekommen hatte, über den Kopf und betrachtete sich müde in der Spiegeltür seines PAX-Schlafzimmerschranks.

Dass er seit gut einem Jahr regelmäßig Sport trieb, ließ sich sein Körper kaum anmerken. Verschwommen präsentierte er sich seinem wankenden Gegenüber, das ihn aus trüben Augen anblickte. Eine endomorphe Variante, wie Kramer einmal nachgelesen hatte, ein Körper also, der sich mit Händen und Füßen dagegen zur Wehr setzte, in Form gebracht zu werden.

Er wollte sich partout kein Beispiel an seinem Gesicht nehmen, das, einst verpickelt und zugetalgt, nun sein wichtigstes Kapital darstellte, zumindest behauptete das ein guter Freund, der hetero, metrosexuell und Hiwi der Wirtschaftswissenschaftlichen Fakultät war. Über den genauen Wert dieses Vermögens war Kramer sich allerdings bis heute nicht im Klaren, denn diese Bemerkung fiel in der Umkleidekabine nach einem Tennismatch, als er nur mit einer Unterhose bekleidet damit beschäftigt war, seinen untrainierten Leib abzutrocknen. Und es war lange bevor Kramers Zahnärztin ihm diese elendige Zahnspange verpasste.

Ein kleiner feister Wanst hing trotzig über den Rand der Trainingshose, die Kramer zu Hause immer trug, und schien ihm sagen zu wollen, dass er die ständigen Sit-ups und Crunches ruhig bleiben lassen könne, da er es ohnehin nicht schaffen würde, ihn loszuwerden. Kramer drehte sich ein wenig zur Seite, um seine Arme aus der Nähe zu begutachten. Das Ergebnis von regelmäßigen Liegestütz-Einheiten und das Stemmen der mit Spielplatzsand gefüllten rosa Hanteln seiner Mitbewohnerin war nur wenig überzeugend. Dünn und lustlos hingen sie da und machten keine Anstalten, Kramer in seinen Ambitionen, zumindest etwas athletischer auszusehen, zu unterstützen.

Dabei waren Sit-ups und Hanteltraining noch längst nicht alles, was er unternahm, um seinen Körper in Form zu bringen. Neben einem konsequenten Ausdauertraining, das er schwitzend und keuchend zu Desperate Housewives, Vorabendserien und Boulevardmagazinen auf seinem Crosstrainer absolvierte, ging er regelmäßig schwimmen. Außerdem kontrollierte er akribisch seinen täglichen Kalorienverbrauch. Er verzichtete auf ein üppiges Mittagessen und nahm stattdessen einen Harry-Wijnvoord-Gedächtnis-Eiweißdrink zu sich. Der sättigte zwar für einen kurzen Moment, vor allem, wenn er ein paar quellende Leinsamen hineinkippte, aber die Gedanken an ein saftiges Steak, serviert mit Bratkartoffeln und Bohnen mit Speck, konnte er nicht verdrängen. Und so hängte Kramer sich hungrig in den Türrahmen, um sich mit Klimmzügen abzulenken.

Er hatte schon einmal ein Probetraining im Fitnessstudio gemacht, um seinem lethargischen Körper Paroli zu bieten. Bei dem Versuch, eine fünfundsechzig Kilogramm schwere Langhantel zu stemmen, bot sein Körper allerdings einen erniedrigenden Anblick, der durch die zahlreichen Spiegel auch noch endlos vervielfacht wurde und Kramer zutiefst beschämte. Um ihn herum liefen und stöhnten muskelbepackte Südländer, und Kramer kam sich so deplatziert vor wie ein Clown im Film *Conan der Barbar*. Kurz entschlossen packte er seine Sachen zusammen und eilte hinaus. Erst als die Tür des Studios hinter ihm zufiel und *Mister Vain* von Culture Beat nicht mehr zu hören war, das permanent aus den Lautsprechern dröhnte, um den Teilnehmern Beine zu machen, atmete er auf und nahm sich vor, das Training lieber zu Hause fortzusetzen.

Er aß Vollkornnudeln statt Eiernudeln und selbst die niemals nach 18 Uhr. Statt Cola kaufte er Coke Zero, und wenn er Heißhunger auf Chips bekam, dann griff er nach der drögen Light-Variante, die im Backofen geröstet nicht nur ohne Fett, sondern auch ohne Geschmack hergestellt wurde. Wenn er mal kochte, was selten vorkam, dann hielt er sich an die Anweisungen von Sarah Connors Personal Trainer und verwendete nur natives Olivenöl aus Kalabrien, weil die Fettsäuren irgendwie gesünder waren und die Menschen dort so alt wurden und so. Genau wusste er das auch nicht mehr.

Beim Einkaufen stand er stundenlang zwischen Kühltruhen und Regalen, um ausführlich den Nährwert verschiedener Produkte zu vergleichen. Er achtete genau auf die versteckten Fette, die ja überall drinsteckten. Im Joghurt, im Eis und sogar in trockenen Salzstangen. Auch in zu engen, meist neonfarbenen Tangas schwammen sie im Schwimmbad gelegentlich an ihm vorbei, hießen Özden oder Sylvie und liebten neben Labret-Piercings und Kreolenohrringen French Nails und ausgiebiges Sonnenbaden im Solarium.

Er hatte sich angewöhnt ins Schwimmbad zu gehen, in der Hoffnung, sein Körper würde sich dann ein Beispiel an Michael Phelps oder Paul Biedermann nehmen, die er bei den

Olympischen Spielen im Fernseher Zug um Zug und mit leichter Erregung bewundert hatte. Dabei machte er die Erfahrung, dass Schwimmen eine ganz schön unhygienische Angelegenheit war, zumindest dann, wenn sich die Haare anderer Badegäste zwischen den Zehen verfingen oder alte Männer sich in der Sammelumkleide die Hacken mit einem kneifzangenähnlichen Knipser enthornten.

Als Kind war er ein miserabler Schwimmer gewesen, hatte die Anweisungen seines Vaters ignoriert, der als Sportlehrer viel Zeit darauf verwendete, ihm einen perfekten Beinschlag beizubringen, und war stattdessen wie ein Hund im Becken herumgepaddelt. Mit dieser Technik schaffte er dann auch nur mit Ach und Krach das Seepferdchen; an das Freischwimmerabzeichen oder gar Silber oder Gold war nicht zu denken. Schließlich war er nicht nur der Unbeliebteste in seiner Klasse, er war auf fünfzig Meter Brust auch der Langsamste.

Heute war Schwimmen für ihn nicht mehr nur Hobby und der Versuch, seinen Körper in Form zu bringen, es war wie Meditation. Während andere Buchstaben atmeten, Mantras sangen oder sich mit Barbara Beckers Pilates-DVD ins Walhalla dehnten, tauchte er einfach ab, öffnete unter Wasser die Augen und verschwand zwischen den zuckenden Rauten, die die Sonne ins türkisblaue Wasser warf. Es war ein Ort des Rückzugs und angesichts der städtischen Finanznot auch ein Ort des Stillstands, an dem noch immer Farben, Materialien und Formensprache der Sechziger- bis Achtzigerjahre dominierten, genau wie Kramer es mochte und wie er es aus seiner Kindheit gewohnt war. Unterwassermusikbeschallung, Massageduschen, Salzsole-Erholungsquelle oder einen indischen Ayurveda-Tempel suchte man vergebens. Und dennoch konnte er hier wunderbar abschalten, denn nur wenige Zentimeter unter der Wasseroberfläche umgab ihn nichts als Stille.

Eine Stille, die bisweilen jäh von dauergewellten Seniorinnen gestört wurde, die sich keifend über die Wogen brüskierten, die ihnen ins Gesicht und in die violetten Haare schwappten, wenn er an ihnen vorbeikraulte. Sie gehörten einer Gruppe von Schwimmern an, die wie er das Schwimmbad mehrmals die Woche aufsuchten, weil sie infolge von Arthritis, Krampfadern und Bandscheibenvorfall auf wilde Sportarten verzichten mussten und nun im Wasser joggten, walkten und gymnasteten. Man erkannte sie trotz Leopardentarnbikini schnell an ihrem gellenden Gezetere, mit dem sie versuchten ihr Baderevier abzustecken.

Meist traten sie in Rudeln aus drei bis vier Seniorinnen auf und zogen allmorgendlich als in 4711 getränkte Treibhölzer im Zeitlupentempo schwatzend die Bahnen. Dass sie mit ihrem Eintrittsgeld nicht das gesamte Schwimmbad gekauft hatten, war ihnen ebenso wenig bewusst wie ihren braun gebrannten männlichen Altersgenossen, die ihnen mit Goldkettchen und zusammengeschrumpften Seefahrertattoos folgten.

Verleiden konnten einem den Schwimmspaß auch gelegentlich auftretende Gruppen junger Mütter, die Emanzipation mit rücksichtslosem Verhalten gleichsetzten und ebenfalls die Bahnen in Zehner-Ketten für sich beanspruchten. Sie waren vermutlich der Auffassung, die Welt wäre ihnen zu Dank und im Schwimmbad zur Rücksichtnahme verpflichtet, seit sie mit der Geburt der kleinen Chayenne einen schreienden Beitrag dazu geleistet hatten, dass die deutsche Bevölkerung nun nicht mehr vom Aussterben bedroht war.

Allerdings blieb Kramer in aller Regel von ihnen verschont, da sich ihre ganze Aufmerksamkeit auf die Belehrung junger Männer mit Migrationshintergrund konzentrierte, die mit Arschbomben und lautem Imponiergeschrei versuchten den am Beckenrand sitzenden und ständig kichernden Özdens und Sylvies zu gefallen. Kramer mochte die Bruno-Banani-Boys eigentlich ganz gerne. Sie hielten ihm nicht nur die anderen Schwimmer vom Leib, sondern brachten auch etwas Abwechslung, wenn sie mit zusammengekniffenen Arschbacken und stolzgeschwellter Brust am Beckenrand entlangschritten und ihre testosterongefluteten Körper inklusive schwarzen Oberlippenflaums stolz zur Schau stellten.

Nach hundert Bahnen verließ Kramer das kleine Badehosenidyll, wo er sich dreimal die Woche frei schwamm, frei vom Stress, den Sorgen und schwermütigen Gedanken um Christoph. Das Freischwimmerabzeichen gab es dafür allerdings nicht und so besaß er bis heute offiziell lediglich das Seepferdchen.

Er stellte die fünfte Flasche Bier beiseite. Einen Bierbauch konnte er sich als Homosexueller eigentlich nicht leisten. Unter seinesgleichen war das Waschbrett gefragter denn je und jeder, der sich diesem Schönheitsideal verweigerte, stand auf verlorenem Posten.

Kramers Ambitionen, seinen Körper in Form zu bringen, hatten sich noch verstärkt, als er Christoph kennengelernt hatte, denn der wetzte fast jeden Abend ins Fitnessstudio oder joggte bei Wind und Wetter durch den Stadtpark. Er solle mal mitkommen, hatte Christoph ihm gesagt, dabei herausfordernd gegrinst und ihm mit dem Finger in den weichen Bauch gestupst. Zu zweit würde das viel mehr Spaß machen und hinterher fühle man sich so richtig gut erholt und wie neugeboren. Und was tat Kramer? Wenig später stand er in einem neuen Paar Nike Air Max und einer neongelben Softshell-Jacke vor Christophs Tür. Und das, obwohl er seit seiner Schulzeit nur noch ungern in der Öffentlichkeit lief, zu sehr plagte ihn neben rezidivierenden Lumbalbeschwerden die Angst, jemand könnte sich über seinen Laufstil lustig machen oder ihm etwas hinterherrufen, das alte Wunden aufriss.

Christoph rief ihm nichts hinterher, dafür war sein Vorsprung viel zu groß. Bereits nach fünfhundert Metern war er Kramer enteilt, nachdem er ihm atemlos zugeschnauft hatte, er müsse nicht auf ihn warten und könne ruhig vorlaufen, jeder in seinem Tempo und so. Als Christoph schließlich außer Sichtweite war, drehte Kramer um und schleppte sich nach Hause. Sein Plan, Christoph durch sportliche Höchstleistungen zu gefallen, war in die Hose gegangen und enttäuscht warf er die atmungsaktive Runner Leggings in die Ecke.

Kramers Ambitionen, sich sportlich zu betätigen, hatten nachgelassen, als er merkte, dass es mit Christoph nichts wurde. Was sollte er sich da noch Mühe geben? Der Mann, in den er verliebt war, wollte ihn so oder so nicht. Was brachten dann noch ein paar dicke Oberarme oder ein Schwimmerkreuz? Er griff zur sechsten Flasche Beck's und schnitt sich ein daumendickes Stück von der Fleischwurst ab, die dahinter im Kühlschrank lag.

Suche Mann mit Pferdeschwanz, Frisur egal. So lautete die Headline, die eingeblendet wurde, wenn Kramer bei Gayromeo, einer bekannten schwulen Dating-Plattform, online ging. Den Spruch hatte er mal irgendwo im Fernsehen aus dem Mund von Harald Schmidt gehört und fand ihn eigentlich ganz gut, zumal ihm all die unbekümmerten und selbstverliebten Oscar-Wilde-Weisheiten auf die Nerven gingen, derer sich jeder zweite Homosexuelle bediente. Die hatten ihm mit Anfang zwanzig imponiert, jetzt wusste er mit ihnen nur noch wenig anzufangen.

Kramer klickte den Button «Messages» an. Sein Posteingang war leer. Er wusste nicht, warum, aber sein Posteingang blieb eigentlich immer leer. Selten bekam er die Gelegenheit, jemandem antworten zu können. War dies doch einmal der Fall, so handelte es sich meist um freundliche Absagen auf Sexanfragen, die ihm ältere Männer weit jenseits der sechzig schickten. Diese sehnten sich nach einer warmen Schulter und Geborgenheit und waren auch bereit, ein paar Penunzen dafür lockerzumachen. Kramer, der diese Schulter nicht anzubieten beabsichtigte, griff dann auf standardisierte Formulierungen aus der Bewerbungspraxis zurück. Er bedankte sich für das ihm entgegengebrachte Interesse, dass er sich aber leider nach Prüfung der eingegangenen Unterlagen, in der Regel eine Reihe von Nacktbildern, die sich auf die Abbildung des Torsos und anderer repräsentativer Körperteile konzentrierten, für einen anderen Bewerber entschieden habe. Dieses sollten sie selbstverständlich nicht als persönliche Wertung ihrer Qualifikationen ansehen. Auf ihrem weiteren Lebensweg wünsche er alles Gute und viel Erfolg.

Vielleicht hatte diese Postarmut mit den Angaben zu tun, mit denen er sein Profil ausgestattet hatte. So gab Kramer zwar an, einen athletischen Körper zu haben, der weder gepierct noch tätowiert und mittelbehaart war, Nacktbilder blieb er dem Betrachter jedoch schuldig. Er lud hauptsächlich Bilder hoch, die sein Gesicht zeigten, und verzichtete zudem darauf, die Größe seines Schwanzes detailliert zu benennen. Auch sexuelle Vorlieben gab er erst mal keine an, jedoch, dass er mehr Partytyp als häuslich, eher Pedant als Chaot und irgendwo zwischen bedächtig und spontan anzusiedeln war. Darüber hinaus liebte er einheimische Küche und Fast Food, war Atheist und hörte Popmusik und House. Hin und wieder ging er ins Theater oder Kino und besuchte Sportveranstaltungen. Seine Interessen reichten von Fernsehen und Literatur bis hin zu Fotografie, Tieren und Natur.

Er hatte erst kürzlich von einem Lehrer gehört, der im Chat etwas offenherzigere Angaben zu seiner Person gemacht hatte und damit böse auf die Fresse geflogen war. Als Devote_Latex_Stute trabte er ungestüm durch die blauen Seiten und vergaloppierte sich schließlich, als er an einen Oberstufenschüler seiner Schule geriet. Ohne zu wissen, mit wem er chattete, machte er diesem eindeutige Angebote und schickte fröhlich Bilder, die dem Schüler die Entscheidungsfindung erleichtern sollten. Es waren Bilder, auf denen er blankgezogen Arsch und Penis in die Linse hielt, und auch dokumentarische Aufnahmen von sexuellen Praktiken, die er bevorzugte und sich wohl auch bei einem Treffen mit dem Schüler erhoffte. Die Korrespondenz sprach sich herum, zunächst in der Klasse, dann an der Schule. Und schließlich waren es die zahlreichen Anrufe besorgter Eltern, die die Behörde dazu veranlassten, den lüsternen Lehrer zunächst zu beurlauben und am Ende zu versetzen.

Jeder Sechste fand heutzutage angeblich seine große Liebe im World Wide Web. Kramer dagegen fand nur Sex. Als Perlensucher77 war ihm das Glück, einen Partner zu finden, zumindest bis zum jetzigen Zeitpunkt nicht zuteilgeworden und er hatte die Hoffnung, dass sich das eines Tages ändern würde, inzwischen aufgegeben. Das, was er suchte, eine unschuldige, sündenlose Liebe, war dort einfach nicht zu finden. Stattdessen gab es Sex in allen Variationen: Wichsen, Blasen, Ficken (eher aktiv, eher passiv, aktiv und passiv, nur aktiv, nur passiv, top, bottom, top und bottom), Fisten (dito), SM (von hart bis soft), Dirty (ja, nein, nur Natursekt), Safer Sex (niemals, immer, nach Absprache), Fetisch-Sex (Leder, Rubber, Boots, Socks and Sneakers, Damenwäsche oder Handwerker) undundund ... Für Liebe war hier einfach kein Platz, es sei denn in Form eines krankhaften Fetischs.

Auch Kramer konnte sich nicht der Macht der Bilder entziehen, die, wenn er mal online war, auf ihn einwirkten. Viel nackte Haut wurde gezeigt. Mal mehr, mal weniger. Mal mehr, mal weniger schön. Da gab es die Boys, in der Regel nicht älter als zweiundzwanzig Jahre, die hundert Prozent Fun suchten, nicht ohne darauf hinzuweisen, dass Kramer sich in seinem Alter gar nicht erst an der Suche zu beteiligen brauchte, denn einen Großvater hätten sie bereits, ebenso ausreichend Taschengeld.

Mit jedem weiteren Jahr, das ins Land zog, mit jedem Geburtstag, den man feierte, wurde die ökologische Nische innerhalb der schwulen Welt kleiner und kleiner. Viele Dreißigjährige trieb das an die Geräte im Fitnessstudio, wo sie verzweifelt versuchten, das fortschreitende Alter durch Muskelmasse zu kompensieren. Doch das gelang nur den allerwenigsten. Die meisten von ihnen mutierten zu grotesken Gestalten mit krebsrot gebräunter Lederhaut, Anabolika-Akne und kleinen, funktionsuntüchtigen Pimmelmännern, die hofften im Chat die große Liebe zu finden. Irritierend fand Kramer jedoch, dass sie dieses Ziel mit Bildern ihres erigierten Penis oder von weit auseinandergespreizten Beinen verfolgten, als ob Amors Pfeil über den Enddarm sein Ziel besser erreichen würde. Sie machten sich nicht mehr die Mühe, sich ins rechte Licht zu rücken, fotografierten sich vor der vergilbten Raufasertapete oder auf dem pekigen Sofa, das sie vor Jahren bei Möbel Unger günstig gekauft hatten. Der Blitz, der sie ausleuchtete, war grell, ihre Augen müde.

Zu dieser Gruppe zählte Axel. Kramer wusste nicht mehr, ob Axel, der sich im Chat heißerkerl_1973 nannte, den ersten Schritt gemacht hatte oder er selbst. Es spielte auch keine Rolle. Kramer war gerade zweiundzwanzig geworden und hing verzweifelt und geil vor dem Rechner. Wieder mal war sein Posteingang leer, sodass er die Initiative ergreifen und die Profile des Internetportals durchklicken musste.

Axel hatte etliche Alben, die ihn zeigten, wie er nackt vor dem Spiegel stand, nackt im Meer badete, nackt im Schilf posierte. Auch seinen Opel Astra fuhr er scheinbar gerne nackt. Alles in allem kein Mann, den er seinen Eltern vorstellen würde, aber durchaus jemand, mit dem man die ersten Erfahrungen auf schwulem Terrain machen konnte. Also schrieb Kramer ihn an. Und Axel meldete sich prompt zurück, mit der Aufforderung, Kramer solle ihm doch bitte umgehend Beweismaterial für seinen athletischen Körper liefern. Kramer sicherte nach einigem Zögern zu, am nächsten Morgen ein paar Pin-ups von sich anzufertigen, die er dann Axel schicken wollte. Morgens schien ihm der günstigste Zeitpunkt dafür zu sein. Das Licht schmeichelte seinem Körper, der kurz nach dem Schlaf noch nicht so sehr der Schwerkraft erlegen war, und sein Magen war noch leer. Also stellte er sich ans Fenster, nur mit einer weißen Calvin-Klein-Unterhose bekleidet, spannte, so gut es ging, die Bauchmuskeln an und knipste per Selbstauslöser drauflos, mit der Gewissheit, dass das, was nicht auf natürliche Weise in Form zu bringen war, später noch mit Photoshop bereinigt würde. Das Ergebnis konnte sich durchaus sehen lassen, das fand auch Axel, und er lud Kramer ein, am nächsten Nachmittag doch einfach mal vorbeizukommen.

Kramer hatte ein mulmiges Gefühl, als er sich mit dem Fahrrad zu Axel aufmachte. Die Wohnung befand sich ganz in der Nähe der Uni. Es dauerte nur zehn Minuten und Kramer hatte das Haus erreicht, in dem Axel wohnte. Er lehnte das Rad gegen die graue Hauswand und ging nachdenklich auf die Eingangstür zu. Sie wollten zunächst ein bisschen quatschen, sich kennenlernen, aber eigentlich war klar, worauf das Date hinauslaufen würde. Axels Online-Status lautete schließlich «Sex», und das eigentlich jedes Mal, wenn Kramer im Internet auf ihn stieß. Aufgeregt klingelte er.

Kramer hatte so etwas noch nie gemacht und nur in Gedanken schon einmal durchgespielt. Mit einem leisen Surren ging die Tür auf. Axel wohnte in einem der oberen Stockwerke. Kramer nahm zwei Stufen auf einmal. Vorsichtig betrat er den Flur, als eine Stimme aus einem der hinteren Zimmer lauthals rief: «Ich bin hier, im Wohnzimmer. Mach einfach die Tür hinter dir zu.»

Kramers Herz schlug bis zum Hals. Mit einem mulmigen Gefühl, ob er gerade das Richtige machte, folgte er den Geräuschen, die aus dem Zimmer am Ende des Flurs kamen und sich nach dumpfem Beischlafgestöhne anhörten. Er schlich durch den schlauchartigen Flur, vorbei an terrakottafarbenen griechischen Säulen, auf denen Blumentöpfe mit künstlichen Farnwedeln standen. Verstaubter Plastik-Efeu rankte an den Säulen empor. Vorsichtig warf Kramer einen Blick durch den Türspalt. An der grau gefaserten Wand gegenüber hing *Lunchtime atop a Skyscraper*: Elf Bauarbeiter auf einem Stahlträger sitzend, hoch oben, über den Dächern New Yorks, das Haar unter Schiebermützen versteckt, aßen sie Butterbrote. Auf der anderen Seite des Zimmers sah er ein steriles Stahlregal, in dem ein eingerahmtes Foto zweier glücklich lächelnder Männer stand, daneben die *Harry Potter*-Bände 1 bis 3 und ein Newton's Cradle Kugelstoßpendel. Das Beischlafgestöhne kam aus dem Fernseher.

Ein Porno lief. Kramers Blick wanderte weiter durch den Raum, als plötzlich ein freudiges «Na, da bist du ja, schön, dass du da bist» ertönte. Axel saß auf einem Sofa, das mit dunkelrotem Samt bezogen und wie ein Kussmund geformt war. Er grinste Kramer selbstbewusst an. Die Farbe seiner Haut deutete darauf hin, dass Axel seine Zeit regelmäßig im Solarium verbrachte. Irgendwie erinnerte sie an die lachsfarbene Handtasche, die sich Julia neulich gekauft hatte. Die Augenbrauen hatte Axel erst kürzlich gezupft, und an den Ohren trug er goldene Ringe. Er sah aus wie Meister Proper, dachte Kramer, und ihm wurde ganz anders zumute, wenn er daran dachte, dass er mit diesem Saubermann in wenigen Minuten Sex haben würde.

«Äh ... hallo ...», stammelte er. Axel grinste ihn selbstsicher an und stand dann plötzlich auf. Dabei öffnete sich der Holiday-Inn-Bademantel, den er nur locker mit einer Kordel geschlossen hatte. Er trug keine Unterhose, und die Spitze seines halb erigierten Penis ragte aus dem weißen Frotteestoff hervor. Er trat einen Schritt auf Kramer zu, der fieberhaft nach einem Fluchtweg Ausschau hielt.

«Ich ... ähm ... ich müsste mal schnell auf Toilette», haspelte

Kramer, faselte etwas von frisch machen und verschwand, um die verkorkste Situation zu überdenken.

Er stand vor dem Spiegel und atmete kräftig durch, als sein Blick an einer Flasche Cool-Water-Parfum vorbei auf eine Dildo-Kollektion fiel, die in Reih und Glied auf dem Rand der Badewanne angeordnet war. Es handelte sich um Abgüsse von Axels Penis, das verriet eine angebrochene Gips-Mischung, die danebenstand. Spätestens jetzt wurde Kramer klar, dass ihm heute sein schwules Armageddon drohte. Aber wie kam er hier weg? Das rosa geflieste Badezimmer hatte kein Fenster, durch das er hätte fliehen können. Außerdem lag Axels Wohnung im dritten Stock. Wenn er geschickt war, konnte er sich ins Freie schleichen, oder aber schreiend zur Tür rennen, um dann die Treppe hinunterzustürmen, raus in die ersehnte Freiheit. Zögerlich öffnete er die Tür und trat in den Flur.

«Na, hast du dich frisch gemacht?» Kramer erschrak. Axel lehnte lässig am Rahmen der Badezimmertür und versperrte ihm den Weg nach draußen. Inzwischen war der Bademantel ganz geöffnet und gab den Blick frei auf Axels komplett rasierten Körper. Auch vor dem Schambereich hatte der Rasierer keinen Halt gemacht, und so blickte Kramer auf einen Penis der Größe M, der sich ihm haarlos darbot wie eine abgepellte Fleischwurst.

«Was möchtest du trinken? Ich kann dir Cola light, Wasser oder Prosecco anbieten.» Kramer druckste herum. «Hm ... Cola light ist gut», antwortete er schließlich. Wenig später saßen beide auf dem Sofa. Kramer im linken Mundwinkel des Lippensofas, Axel im rechten. Kramer merkte, wie sein Gegner langsam immer näher an ihn heranrückte. «Lust, ein wenig zu schmusen?» Axel guckte ihn mit einem servilen Dackelblick an und lächelte. Unsicher griff Kramer zum Glas, trank es hastig leer und hielt es Axel mit ausgestrecktem Arm entgegen. Seine Hand zitterte. «Gern. Aber könnte ich vorher noch ein Glas Cola bekommen?», stammelte er. «Ich bin gerade ganz schön durstig.»

«Ist eine ganz schön heiße Situation, was?» Axel grinste selbstsicher. Er nahm Kramer das Glas ab, strich ihm dabei mit dem Zeigefinger über die Hand und schlurfte dann auf seinen Adiletten in die Küche. Kramer hörte, wie sich die Kühlschranktür klirrend öffnete. Das war die Chance, auf die er gewartet hatte. Er schnappte sich seine Jacke, checkte noch einmal, ob die Luft rein war, und schlich auf Zehenspitzen vorsichtig aus der Wohnung. Ein wenig beschämt, ob seines unehrenhaften Abgangs, rannte er die Treppenstufen hinunter, sprang auf sein Rad und fuhr mit klopfendem Herzen davon. Von Axel hatte er danach nie wieder etwas gehört.

Kramer hatte ein bisschen Zeit gebraucht, bis er sich von dem ersten Date erholt hatte und sich ein weiteres Mal verabredete. Zwei Wochen später war er so weit und traf Hairybabybitch auf neutralem Boden in einer Kneipe ganz in der Nähe. Der Name war Programm. Hairybabybitch war Südländer persischer Herkunft und hatte für seine vierundzwanzig Jahre bereits eine außerordentlich dichte Brustbehaarung, die ihren Weg aus dem Hemdkragen nach draußen suchte. Er hatte eine freundliche, offene Art und war von athletischer Statur; Kramer war bereits nach wenigen Minuten deutlich beeindruckt. Auch der andere schien an Kramer Gefallen zu finden, denn bereits nach der Hälfte des Bieres schlug er vor, später noch zu ihm zu gehen.

Kian, so hieß er mit richtigem Namen, bewohnte eine Zweizimmerwohnung mit viel orientalischem Nippes und einem illuminierten Tischbrunnen auf dem gläsernen Couchtisch. An der Wand hing ein Leuchtbild, wie Kramer es schon in vielen Dönerbuden gesehen hatte. Es zeigte einen Wasserfall, der in ein glitzerndes türkises Meer floss. Kramer fühlte sich an ein Fotografica-Poster erinnert, das er als Jugendlicher an der Wand über seinem Bett angebracht hatte und das ebenfalls einen verwunschenen Wasserfall zeigte, über den ein Einhorn sprang, während am Himmel neben dem Mond der Saturn mit seinen charakteristischen Ringen funkelte.

«Du bist ein hübscher Kerl», sagte Kian, als sie nebeneinander auf der Couch saßen, «wundert mich, dass du noch nie Sex mit einem Mann hattest.» Und sogleich begann er Kramer zu küssen. Dieser wehrte sich nicht und machte, so gut es ging, mit. Nach einer Weile griff Kian nach Kramers Hand und führte sie unter sein Hemd. Kian war wirklich sehr stark behaart und Kramer konnte sich nicht erinnern, je einer so haarigen Brust so nahe gewesen zu sein, mit Ausnahme von Herrn Schmidt im Kindergarten. Aus dem Fummeln wurde schnell Petting, schließlich das Dr. Sommer'sche «Heavy Petting», von dem Kramer in der *Bravo* gelesen hatte, eine Bezeichnung, die im wirklichen Leben jedoch offenbar nicht verwendet wurde – zumindest konnte er sich nicht erinnern, dass einer seiner Freunde schon mal davon berichtet hatte, er oder sie habe am Wochenende mal wieder so richtig heavy gepettet.

Schließlich lagen Kian und er nackt und eng umschlungen auf dem Bett. Kians Küsse waren sehr feucht und Kramer kam sich vor wie ein Neuwagen in einer Waschstraße mit textiler Reinigungstechnik. Überall bohrte sich seine Zunge hinein, nichts war vor ihr sicher. Nicht Kramers Nasenlöcher, nicht seine Achselhöhlen, selbst in den Gehörgang bahnte sich Kians Zunge laut schmatzend ihren Weg.

Kramer ahnte nichts Böses, als sich Kian schließlich umdrehte und sein stark behaarter Hintern seinem Gesicht verdächtig nahe kam. Erst als sich Kian ganz auf seinen Kopf setzte, wusste Kramer, dass etwas schieflief. Eingezwängt wie in einem Schraubstock lag er da, links und rechts von seinem Kopf bohrten sich Kians Beine in die Matratze und Kramer spürte, dass sich etwas Feuchtes den Weg an sein Arschloch bahnte. In der *Coupé* und anderen Sexheftchen hatte er bereits als Sechzehnjähriger von der sogenannten 69er-Stellung gehört, aber dass er gleich bei seinem ersten Mal die 9 sein würde, das hatte er nicht vermutet.

Dass Kramer nicht sofort einem klaustrophobischen Anfall erlag, war allein der Tatsache geschuldet, dass er von anderen, einprägsameren Dingen abgelenkt war. Kian beteuerte, frisch geduscht zu sein, dennoch ließ sich ein gewisser Geruch nicht verleugnen, den Kramer erst neulich in der Nase gehabt hatte, als sein Bruder ihm seine quengelnde Nichte in die Arme drückte, um den Wickeltisch fertig zu machen.

Kramer kam sich vor wie bei einer Sonnenfinsternis, und auch wenn er keine 3-D-Brille dabeihatte, so war es doch ein äußerst mehrdimensionales Erlebnis. Kian, die Nummer 6 der Aktion, leckte ihm virtuos den Hintern wie ein Hund die Wunden nach einem Kampf, Kramer dagegen agierte zögerlicher. Ihm schien das faltige und aufgrund der seltsamen Nähe überdimensional erscheinende rosafarbene Gebilde, das einer Newbiscusknospe nicht ganz unähnlich war, doch suspekt. Er entschied sich dazu, ein wenig mit dem Finger, den er noch bewegen konnte, an Kians Rosette herumzurubbeln. Die Wirkung war ernüchternd. Kians in einem Cockring gefesselter Penis lag mittlerweile regungslos und blutleer herum und machte keine Anstalten, sich wieder aufzurichten, auch nicht, als Kramer anfing ihn mehr schlecht als recht zu fellationieren. Kramer stellte sich vor, der Schwanz wäre ein leckeres Calippo Erdbeer. Langsam lutschte er auf und ab, saugte auch ein wenig und nahm schließlich die Hand zur Hilfe. Er rubbelte und rubbelte, doch ohne Erfolg. Kians Pimmelmann hielt stoisch an seiner Größe und Form fest und Kramer gab schließlich auf. Nichts war frustrierender, als an einem schlappen, schrumpeligen Schwanz herumzublasen, der eben nicht wie ein Calippo Erdbeer schmeckte. Er war froh, als sein Gegenspieler plötzlich von ihm abließ und er die letzten Sonnenstrahlen des Tages durch die halb geschlossenen Vorhänge zu sehen bekam.

Wortlos lagen sie nebeneinander auf dem Bett, dann raffte sich Kramer schließlich seufzend auf, suchte seine Klamotten, die verstreut auf der Erde lagen, zusammen und schlich sich leise aus Kians Wohnung.

Er kam sich vor wie eine dreizehnjährige Hauptschülerin nach ihrer Entjungferung. Alles war so ernüchternd gewesen, und hätten sie weitergemacht, hätte es sicher nicht nur gestunken, sondern auch noch wehgetan. Als er zu Hause ankam, fühlte er sich irgendwie schlecht. Er musste Kians Geruch loswerden und stieg erst einmal unter die Dusche.

In den Monaten darauf ging Kramer nur noch selten online. Sein Date mit Axel war ein glatter Reinfall und auch das Treffen mit Kian war irgendwie für den Arsch gewesen.

Etwa vier Monate waren vergangen, da traf er eines Abends auf Luc2000. Da Kramers Mitbewohner verreist waren, verabredeten sie sich in seiner WG. Luc2000 war Architekt, sportlich, kunstinteressiert und sagte so Sachen wie «Alles ist Kunst» oder «Was Kunst ist, bestimmt der, der sie macht». Allesamt Sätze, die Kramer für blanken Unfug hielt, als reines Alibi für gescheiterte und uninspirierte Künstler, aber das behielt er lieber für sich, denn er wollte Luc2000, der, wie sich später herausstellte, mit richtigem Namen Lucas hieß, nicht bereits in den ersten Minuten ihres Dates in ein Streitgespräch verwickeln. Stattdessen nahm er sich vor, Lucas bei Gelegenheit *Das weiße Buch* von Rafael Horzon zu empfehlen, in dem es um die Unmöglichkeit ging, nicht Kunst zu sein. So hatte Kramer es zumindest verstanden.

Kramer wechselte also das Thema und kam auf den sportlicheren, jedoch nicht minder künstlichen Teil Lucas' zu sprechen. Dieser gestaltete nämlich nicht nur Einfamilienhäuser und Bürobauten, sondern auch mehrmals wöchentlich seinen Body im Kraftraum. Mit Erfolg, wie Kramer neidlos anerkennen musste. Er ignorierte mit einem gierigen Blick auf die Arme seines Gegenübers den schwefelartigen Gestank, der sich, eingeleitet durch ein unheilvolles Pfffft und vermutlich ausgelöst von becherweise Eiweiß-Shakes, Protein-Riegeln und Creatin-Tabletten, alle paar Minuten langsam und heimlich in der Wohnküche verteilte.

Lucas brachte stattliche sechsundneunzig Kilo auf die Waage, verteilt auf einen Meter zweiundachtzig. Ein Koloss, neben dem er selbst wie eine Witzfigur aussehen musste, dachte Kramer. Viel zu lachen gab es an diesem Abend allerdings nicht für ihn, denn hinter der eindrucksvollen Fassade seines Gesprächspartners wohnte ein Möchtegern-Komiker, der sich in einem unerträglichen kindlich-naiven Singsang um Kopf und Kragen redete. Lucas parodierte fortwährend Prominente ohne jeglichen Wiedererkennungswert und fiel permanent vom einen in den anderen auswendig gelernten Dialekt. Kramer wähnte sich auf einer Michael-Mittermeier-Show oder, schlimmer noch, auf einer Mario-Barth-Veranstaltung und lächelte sein Gegenüber gequält an.

Und doch ging von Lucas etwas aus, das Kramer reizte. Ob es der muskulöse Brustkorb oder das gute Herz dahinter war, irgendetwas an Lucas zog ihn an. Doch plötzlich bekam mit dem Satz «Du kannst aber auch noch was an deinem Body machen!» das Gespräch eine Wendung, die Kramer missfiel. Mit argwöhnischem Blick auf seine Arme gab Lucas ihm unmissverständlich zu verstehen, dass er mit seinem Erscheinungsbild nicht ganz zufrieden war. Ob er schon mal daran gedacht habe, den Bizeps und auch den Quadrizeps zu trainieren. Er hätte da ein paar gute Tipps. Das Potenzial hätte Kramer durchaus, er dürfe sich nur nicht so hängen lassen. Liegestütze seien gut, aber ohne Fitnessstudio ginge es eben doch nicht. Und die Ernährung umstellen. Ganz wichtig. Viel Pute essen, ungesalzen, auch Reis, Quark, natürlich Magerstufe, ja, und dann könnte es etwas werden mit ihnen beiden.

Kramer saß sprachlos vor diesem Dolf-Lundgren-Verschnitt und machte sich auf die Suche nach der Pointe. Vergeblich. Es gab keine. Hatte sein Gegenüber gerade seine Arme kritisiert, die er mit viel Disziplin und mehrmals die Woche in Form zu bringen versuchte? Gut, vielleicht waren die mit Sand gefüllten Plastikhanteln keine idealen Gewichte, aber Kleinvieh machte bekanntlich auch Mist.

«Scheiße, Mann! StrgZ, StrgZ ...», dachte Kramer, der in letzter Zeit viele Stunden am Rechner gesessen hatte und deshalb auch im wirklichen Leben oft verzweifelt nach einer Rückgängig-Taste suchte. Enttäuscht musste er dann feststellen, dass sein Leben kein Computerprogramm war. Das eigene Leben photoshoppen. Farbe und Helligkeit aufbessern. Filter drüber, Staub und Kratzer entfernen. Ganz einfach.

Lucas' Äußerungen hätte er gerne einmal durch die Autokorrektur laufen lassen, doch so einfach ging das nicht. Die Sätze standen im Raum und irgendwie zwischen ihnen. Langsam schloss sich Kramers Mund wieder, der sich beim Monolog des Gegenübers geöffnet hatte, um mimisch zum Ausdruck zu bringen, dass er kaum glauben konnte, was er da zu hören bekam. Hatte er das richtig verstanden? Die gemeinsame Zukunft - über die er noch gar nicht nachzudenken wagte - hing also nicht an einem seidenen Faden, wohl aber an seinen zu dünnen Ärmchen und der undefinierten Brust? Was war mit dem Teil des Körpers, der darüberlag und angeblich sein Kapital darstellte? Wo und was war er? Ein zu schmächtiger Zuchtbulle, der auf einer texanischen Auktion zum Kauf angeboten wurde? Skipper, die Tochter von Barbie und Ken, deren Körper man formen konnte, wie man wollte? Wo blieb denn bitte schön das Menschliche? Die berühmten inneren Werte?

Kramer warf noch einen letzten Blick auf Lucas' 46-Zentimeter-Bizeps und warf dann alles, was sonst noch dazugehörte, aus der Wohnung hinaus.

Eine magere Ausbeute ohne wirkliche Höhepunkte, so stellte sich Kramers Sexualleben dar; manche seiner Schüler würden ihn in dieser Hinsicht sicher problemlos in den Schatten stellen. Um weitere Enttäuschungen zu vermeiden, übte er sich fortan in Enthaltsamkeit. Sein sorgfältig getrimmter und rasierter Intimbereich wuchs langsam wieder zu und ähnelte schon nach wenigen Wochen dem aufgegebenen Feld einer Yanomami-Familie im brasilianischen Regenwald.

BECK'S #7 (1,2–1,4 ‰)

Letzter Kontakt: heute um 22:56 Uhr. Kramer schloss das WhatsApp-Fenster und legte das Handy beiseite. Christoph war also erst vor ein paar Minuten online gewesen. Was er jetzt wohl machte? Ob er an ihn, Kramer, dachte? Das war wohl eher unwahrscheinlich. Christoph war verliebt, da blieben nicht viele Gedanken an ihn übrig. Wahrscheinlich lagen er und dieser andere gerade eng umschlungen in Christophs Bett. Dort, wo Kramer auch einmal schlafen durfte, nach einem Besuch bei Christoph, als er keine Lust mehr hatte, spätabends noch mit dem Rad nach Hause zu fahren. Er war auch in der Hoffnung geblieben, es böte sich vielleicht die Chance, Christoph näherzukommen, doch gelaufen war zwischen ihnen am Ende nichts. Nachdem sie das Licht gelöscht hatten, war Christoph sofort eingeschlafen, während Kramer nur wenige Zentimeter entfernt vom Objekt seiner Begierde schlaflos vor sich hin grübelte und sich langsam gewahr wurde, dass es mit ihnen beiden wohl nichts mehr werden würde.

Mit Kramers sexueller Enthaltsamkeit war es nach nicht allzu langer Zeit wieder vorbei, zu groß war sein Wunsch, endlich mitreden zu können beim großen Thema «Sex». Er müsse das nun wirklich mal in Angriff nehmen und hinter sich bringen, hatte Julia gesagt, bevor das Ganze für Kramer zu einem geheimnisumwitterten Mythos degradierte, der mit der Realität am Ende nichts mehr zu tun hatte. Außerdem gab sie zu bedenken, dass die Halbwertszeit seiner Attraktivität gerade als Schwuler knapp bemessen war und er nicht zu lange warten sollte, schließlich würde er ja auch nicht jünger. Kramer musste ihr recht geben. Er setzte sich wieder an den Rechner und verbrachte Stunden um Stunden auf den Seiten schwuler Dating-Portale in der Hoffnung, seine Unschuld irgendwie an den Mann bringen zu können.

In seinem Posteingang herrschte nach wie vor gähnende Leere. Nur hin und wieder erhielt er Tapse, kleine standardisierte Kurzbotschaften, die beim Besuch auf einem anderen Profil zurückgelassen werden konnten; bei Kramer war das meist ein «Süß» oder «Schönes Gesicht». Scharf oder sexy fand ihn keiner, und auch vom «Geile Sau»- oder «Hätte gerne Sex mit dir»-Button, den das Portal in seiner Tapsen-Sammlung anbot, machte niemand Gebrauch.

Als Kramer die Suche fast schon wieder aufgeben wollte, stolperte er über Silberrücken_54. Der Name war Programm. Auf den Fotos präsentierte sich ein kleiner, aufgepumpter Kraftprotz mit stolzgeschwellter Brust und wenig Haaren auf dem Kopf, dafür umso mehr an Rücken und Bauch. Silberrücken_54 klickte Kramers Profil in regelmäßigen Abständen an und hinterließ nach jedem Besuch Tapse mit einer anderen Botschaft. So war er zunächst Kramers Lächeln erlegen, wenig später seinem vermeintlich geilen Arsch. Kramer hatte zunächst nicht darauf reagiert, erst als der andere stoisch weiter Botschaften dieser Art hinterließ und ein paar Tage später ein «Sex jetzt?»-Taps auf seinem Profil prangte, schrieb er schließlich zurück.

Wie sich herausstellte, hieß der sexhungrige Silberrücken

im wahren Leben Hartmut. Hartmut war vierundfünfzig und nicht sonderlich groß, aber dank einer eigenen Hantelbank im Keller waren die ein Meter dreiundsechzig, die er maß, in einem bemerkenswert guten Zustand, davon zeugten die vielen Bilder in seinem Profil. Sie zeigten Hartmut meist oben ohne im Schrebergarten, beim Hantelstemmen oder zähneputzend im Badezimmerspiegel.

Kramer und er schrieben eine Weile hin und her, dann machte Hartmut den Vorschlag, Kramer solle doch einfach bei ihm vorbeischauen. Erst mal ganz unverbindlich. Alles kann, nix muss, fügte er hinzu. Und so sprang Kramer kurzerhand unter die Dusche, befreite den Intimbereich von der wuchernden Schambehaarung und machte sich mit dem Fahrrad auf den Weg. Es dauerte etwa eine halbe Stunde, dann hatte er die Wohnsiedlung am Stadtrand erreicht, in der Hartmut einen Bungalow bewohnte. Er sollte einfach ums Haus herumkommen, hatte der Vierundfünfzigjährige ihm gesagt, er würde sich den ganzen Nachmittag im Garten aufhalten. Kramer schloss sein Rad an und trat durch die Gartenpforte.

Von Weitem erblickte er Hartmut auf der Terrasse. Er war mit einer eng geschnittenen neongelben Badeshorts bekleidet und lag dösend in der prallen Sonne. Aus der Ferne machte er einen soliden Eindruck, insgesamt ein netter Typ, und fürs erste Mal reichte es in jedem Fall. Kramer schlurfte über den Rasen auf die Terrasse zu. Sein Herz klopfte, denn ein wenig aufgeregt war er schon.

«Hey, da bist du ja!» Hartmut setzte sich auf und blickte Kramer über die Gläser seiner Sonnenbrille an. «Hast du problemlos hergefunden?»

Kramer nickte. «Setz dich doch.» Hartmut bot Kramer einen Gartenstuhl an. «Bist sicher durstig. Ich hol uns mal was, oder willst du auf der Stelle loslegen?» Hartmut zwinkerte Kramer zu, der sich erst einmal für das Getränk entschied.

Hartmut und Kramer unterhielten sich über dies und das, belangloses Zeug, das nur dazu diente, die Zeit zu überbrücken, bis einer von ihnen den ersten Schritt wagte. Es war Hartmut, der schließlich vorschlug, ins Haus zu gehen. Wenn Kramer wollte, könne er ihn massieren, bot er ihm an. Da er staatlich geprüfter Physiotherapeut sei, würde Kramer auf diese Weise kostenlos in den Genuss einer professionellen Massage kommen. Vorne im Haus befänden sich die Behandlungsräume seiner Praxis. Kramer zögerte kurz, willigte dann aber ein. Wenig später fand er sich im Behandlungszimmer B wieder, und als er sich so umguckte, fühlte er sich sofort an die Zeit erinnert, als er sich streckend und rekelnd darum bemüht hatte, seine Hohlkreuzbeschwerden in den Griff zu bekommen. In der Mitte des Raumes stand eine Massagebank. An der Wand war eine Sprossenleiter angebracht und Bilder von der Anatomie des Körpers hingen rechts und links daneben. Gymnastikbälle in verschiedenen Größen und Farben lagen auf dem Boden herum. «Du kannst dich schon mal ausziehen», sagte Hartmut und guckte ihn freundlich an, «ich werde unterdessen die Liege fertig machen.» Dann breitete er ein weißes Handtuch auf der Massagebank aus. Kramer krabbelte auf die Liege, während sich Hartmut seiner Badehose entledigte. Das Einzige, was er noch trug, war ein Cockring aus Leder.

Wenig später hatte Kramer seinen Kopf in den Gesichtsausschnitt der Massageliege gepresst und sein Blick war auf den Boden gerichtet. Hinter sich hörte er das furzende Geräusch einer fast leeren Plastikflasche. Hartmut rieb sich die Hände mit Massageöl ein. Dann schloss Kramer die Augen.

Als er am Abend wieder fuhr, hatte Hartmut ihn nicht nur ausgiebig massiert, sie hatten auch ganze drei Mal Sex gehabt. Auf und nieder hüpfend auf einem grünen Gymnastikball hatte Kramer seine Unschuld verloren. Es hatte trotz Hartmuts fast väterlichem Einfühlungsvermögen doch ein wenig wehgetan, aber insgesamt war er zufrieden. Er fand, er hatte sich ganz gut geschlagen, und es machte ihn irgendwie stolz, als habe er mit dem Sprung auf Hartmuts Schwanz einen Achttausender bestiegen.

Mit dem Geruch von Irisch Moos in der Nase und ein paar hartnäckigen Schamhaaren im Mund fuhr er nach Hause. Mit vierundzwanzig Jahren hatte er die Zeit der Unschuld nun endlich hinter sich gelassen. Erleichterung machte sich in Kramer breit und ein seliges Lächeln lag auf seinem Gesicht.

Was folgte, war eine wilde Phase des Sichausprobierens. Kramer hatte die Bilder in seinem Profil aktualisiert und präsentierte sich nun ohne Kopf, dafür mit mehr Haut. Prompt nahm die Zahl der Messages in seinem Posteingang zu und er konnte sich vor Dating-Anfragen kaum noch retten. Die große Liebe war jedoch nicht darunter.

Freunde hatten zeitweise versucht, ihn zu verkuppeln: «Du würdest unheimlich gut zu einem schwulen Kollegen von mir passen. Ich kenne da einen, der ist auch gerade solo. Soll ich euch mal vorstellen?» Kramer wusste nicht mehr, wie oft er diese Sätze gehört und wie oft er einem wirklich netten, aber langweiligen Kollegen gegenübergesessen hatte und sich vorgekommen war wie ein liebesmüder Panda im Zoo, dem man schon wieder eine Panda-Dame aus Südchina eingeflogen hatte. Die Freunde standen erwartungsvoll an der Scheibe und warteten, dass er sich endlich mit dem Auserwählten paarte.

Als wäre die Suche nach einem Partner eine Butterfahrt ins Glück und die Liebe die dazugehörige Heizdecke, ohne die er einfach nicht auskommen könne. Kramers Singledasein fand durch derartige Verkupplungsaktionen jedenfalls kein Ende und er hatte sich mit seiner Situation inzwischen abgefunden.

Warum es eigentlich so schwierig sei, sich zu verlieben, hatte er Julia mal gefragt. Sie hatte kurz überlegt und dann behauptet, dass man sich nicht in Menschen verliebe, sondern in die Vorstellung, die man von ihnen habe. Und die sei halt irgendwann ernüchternd oder sogar unerträglich. Kramer war erstaunt ob der weisen Worte, fand aber später heraus, dass es Sibylle Berg war, die diese Gedanken in einem ihrer Bücher geschrieben und die Julia wohl gelesen hatte.

Eine genaue Vorstellung davon, was oder vielmehr wen er suchte, hatte Kramer eigentlich nicht. Sich selbst empfand er als durchschnittlich. Er sah passabel aus, aber nicht so, dass man sich auf der Straße nach ihm umgucken oder ihm gar hinterherpfeifen wollte. Auf Partys war er ein gern gesehener Gast, aber keiner, auf den man den ganzen Abend wartete. Er war so schlau, dass er einiges erkannte, aber nicht schlau genug, um mit den Erkenntnissen etwas anzufangen. Mittelschön, mittelbeliebt, mittelschlau. Eine Allzweckwaffe ohne Zünder. Eine Mittelmaßfigur, die über eine Zwei minus nicht hinauskam. Unter seinem Zeugnis würde wahrscheinlich stehen: Kramer ist stets bemüht, die erforderlichen Voraussetzungen zu erfüllen.

Ein Max Mustermann, der sich nach einem James Franco oder Baptiste Giabiconi sehnte, denn gut aussehen sollte er schon, Kramers Mister Right. Klar, auch nicht doof oder anstrengend selbstverliebt. Natürlichkeit, Witzigkeit, Ehrlichkeit, Zuverlässigkeit, die ganze keit-Palette gängiger Eigenschaften, die jeder wollte, aber nur die wenigsten bekamen.

Nicht nur die *Gala* oder *GQ Style* lesen, sondern auch mal ein Buch oder eine überregionale Zeitung, damit das Innere nicht nur Provinz blieb. Erkennen, dass Tiefgang mehr war, als im Kino eine 3-D-Brille aufzusetzen. Da legte Kramer schon Wert drauf. Aber auch er ließ sich gerne mal an der Oberfläche treiben, mitten im Stromstrich, dort, wo es am schnellsten war. Doch hin und wieder war es eben wichtig, einen Blick in die Tiefe zu werfen, damit man den Grund, über dem man schwamm, nicht aus den Augen verlor.

Dafür, dass Kramer noch keinen Partner gefunden hatte, gab es verschiedene Gründe. Oft lag es einfach daran, dass er zu ungestüm an die Sache heranging. Nach dem ersten Date drei Tage warten, um sich dann unverbindlich per SMS zu melden, das war nicht seine Sache. Er rief noch am selben Abend an, um ungeduldig seine Bereitschaft für ein nächstes Date zu signalisieren. Brechstangenmethode statt «Willste gelten, mach dich selten»-Prinzip. Das kam nicht sonderlich gut an bei den Jungs.

Er solle sich rarer machen, hatte Julia zu ihm gesagt, und ja nicht immer gleich so viel von sich preisgeben, manchmal sei weniger einfach mehr. Und er könne auch ruhig mal ein bisschen aufs Mett hauen, dicker auftragen, als die Faktenlage hergab.

Gut, er war schon sehr kumpelhaft. Ehrlich währt am längsten, das war sein Motto. Er konnte gar nicht anders, schon als

Kind war er so gewesen. Hatten Julia und er wieder irgendwo gezündelt, die Pferde über die Weide gejagt oder Salinos und Apfelringe beim Kiosk eingesteckt, ohne zu zahlen, so quälte ihn der Gedanke so sehr, dass er am Abend, wenn er mit den Eltern und seinem Bruder vor dem Fernseher saß und *Dornenvögel* sah, aus dem Sessel aufsprang und die anderen reumütig von seinen Missetaten in Kenntnis setzte. Als Einziger davon zu wissen war für ihn unerträglich.

Kramer war selten subtil, immer direkt, sprach alles an und aus und tendierte dazu, in den ersten vierzig Minuten alles über sich zu erzählen, um das Spielfeld schon mal abzustecken, auf dem später gekickt werden sollte. Dabei war er kein guter Verbalakrobat, turnte lieber ohne Netz und doppelten Boden und verausgabte sich in den ersten fünf Minuten derart, dass sein Gegenüber nur noch daran dachte, Reißaus zu nehmen, eingeschüchtert oder gar entnervt von zu vielen Informationen, nach denen er nicht gefragt hatte. Nach dem ersten Date gab es nichts Neues zu entdecken. Seine Schwächen, seine Marotten, seine Laster - im Grunde genommen hatte Kramer seine ganze abgewrackte seelische Disposition dem anderen dargeboten wie ein unterwürfiger Hund die Kehle. Ein Gefühlsbulimiker, der anderen ungefragt sein Herz ausschüttete und unter Alkoholeinfluss nicht nur zu einer schäbigen Go-go-Tänzerin mutierte, sondern auch noch einen demütigenden Seelenstriptease hinlegte. War sein Gegenüber davon noch nicht abgeschreckt, was selten der Fall war, so suchte er spätestens dann das Weite, wenn Kramer begann, über ungelegte Eier zu spekulieren. Passte der andere wirklich zu ihm? Wie würden seine Freunde ihn finden? Was würden die Eltern sagen? Während er wie besessen über diese Fragen nachdachte, bezahlte sein Gegenüber schnell die Rechnung und verschwand auf Nimmerwiedersehen.

Wie ein Borderliner zerstörte er das Glück, noch ehe er es zu fassen bekam. Nicht viel anders war es, wenn sich jemand ernsthaft für Kramer interessierte. Dann ging es ihm mit der Liebe wie mit Dominik, einem Jungen aus seiner Nachbarschaft, vor dem er als Kind immer Angst gehabt hatte. Der Achtjährige war als «der Kneifer» zu einem fragwürdigen Ruf gekommen, weil er anderen Kindern auflauerte und ohne Vorwarnung und jeglichen Grund zukniff. Sah er ihn kommen, so wechselte Kramer schnell die Straßenseite und suchte zügig das Weite. Er wetzte davon, so schnell ihn seine Victory-Turnschuhe trugen, und hörte erst auf zu rennen, wenn er nicht mehr konnte. Das war infolge seiner schlechten Kondition und des Übergewichts, das er mit sich herumschleppte, bereits nach zweihundert Metern der Fall. Nicht weit, aber doch weit genug, um aus den Augenwinkeln zu registrieren, dass er den Kneifer erfolgreich abgehängt hatte, der – noch pummeliger als Kramer – nach Luft ringend an einer Hauswand lehnte und sich das Zwerchfell rieb.

Die Liebe hatte für Kramer etwas Bedrohliches, etwas, das ihm Angst machte, weil es hinter jeder Ecke lauern und ihn kneifen konnte. Und so kam es, dass Kramer dieses Siebte-Himmel-Gefühl, von dem alle sprachen, nur vom Hörensagen kannte.

Bei Christoph war es zum ersten Mal anders gewesen. Die Liebe war ohne Vorwarnung aufgetaucht und hatte Kramer keine Zeit gelassen, sich umzudrehen und abzuhauen. Sie hatte plötzlich vor ihm gestanden wie ein scheues Reh im Scheinwerferkegel. Kramer hatte noch versucht auszuweichen. Doch es war zu spät gewesen. Beim Zusammenstoß der Einkaufswagen im Supermarkt zerbrach die Scheibe, hinter der er sich in Sicherheit gebracht hatte und von wo aus er die Welt allenfalls mit abschätzigen Sprüchen torpediert hatte. Als er den Kopf hob, merkte er, dass nichts mehr war wie vorher. Der erste Gedanke, den er hatte: Fahrerflucht. Einfach abhauen. So wie er es immer tat. Hätte doch eh keiner gemerkt, wenn er einfach den Rückwärtsgang eingelegt hätte und verschwunden wäre. Doch er war geblieben und hatte mit angesehen, wie seine heile Welt aus den Fugen geriet. Diese schöne Welt, die ohne große Gefühlsausbrüche auskam und in die er eingewattet war wie ein Ring im Schmuckkästchen seiner Mutter.

Er verlor den Rhythmus, den sein Leben über die Jahre angenommen und dessen Takt er ganz allein bestimmt hatte. Die Sache mit Christoph hatte sich wie ein synkopischer Gegenrhythmus immer lauter in sein Leben gedrängt und ihm damit jene Sicherheit, die ihm einen Vorsprung vor den Gefühlen und der Nähe anderer verschaffte, einfach weggenommen. Kramer wollte im Grunde nicht, dass sich etwas veränderte. Schön die Dinge an ihrem Ort lassen, damit er sich zurechtfand wie in einer blindengerechten Wohnung. Seine Leichtigkeit war ihm abhandengekommen und das fand Kramer unerträglich. Sehnsüchtig erwartete er den Moment, an dem sein Verstand das Steuerrad übernehmen würde, ihn wieder manövrierfähig machte und die ungeliebte Schwärmerei gekonnt umfuhr.

«Love is a losing game», ertönte es aus den Boxen der Yamaha-Anlage, für die er sich einst hatte konfirmieren lassen, und in Kramer kam das untrügliche Gefühl auf, er würde immer ein Verlierer in diesem Spiel bleiben, dessen Regeln er einfach nicht verstand.

Er hatte viel gelesen, um dies zu ändern. Fromm, Precht, Frankfurt hießen seine Mentaltrainer. Doch war er enttäuscht, dass das, was er dort über die Liebe erfuhr, ihm ziemlich bekannt vorkam. Liebe wurde da als Fähigkeit beschrieben, die einem nicht in den Schoß fiel, sondern die man lernen konnte und trainieren musste. Das alles hatte er doch schon mal in einem Interview mit Ruth Maria Kubitschek gelesen, im *Goldenen Blatt*, das seine Mutter seit ein paar Monaten im Abo bezog, weil sie die Rätsel und Sudokus so liebte. Und erst kürzlich hatte er aus einem Zeitungsartikel unter der Rubrik «Wissenschaft» erfahren, dass die Liebe und alles, was mit ihr zusammenhing, nur eine chemische Reaktion war und es im Grunde nur um Hormone ging, die zum Zwecke der Paarung verrücktspielten. Kramer kratzte sich am Kopf. Er war verzweifelt. Weder kannte er die chemische Formel, mit der er Christoph rumbekam, noch konnte er die Liebe lernen, geschweige denn trainieren, denn Christoph wollte sich als Sparringspartner partout nicht zur Verfügung stellen. So ein Mist, dachte er, und nahm noch einen großen Schluck Bier.

Wen könnte er um Rat fragen? Kramer grübelte. Jürgen hatte die gleichen Schwierigkeiten wie er, wenn es um das Eingehen von Beziehungen ging, und die Ratschläge, die er Kramer gab, beschränkten sich auf ein paar dürftige, auswendig gelernte Phrasen wie «Liebe ist nur ein Wort» oder «Auch andere Mütter haben schöne Söhne!». «Wird schon wieder, Kopf hoch!», ergänzte er, und jetzt gehe es darum, nach vorne zu gucken. Kramer wusste mit diesen abgeschmackten Plattitüden nichts anzufangen und hatte Jürgen geantwortet, dass er sich solche Phrasen schenken könne, die wahre Liebe gebe es eben nur im Singular. Und der hieß nun mal Christoph! Da guckten sich beide an und mussten lachen.

Vielleicht sollte er seinen Bruder fragen. Der hatte weitreichende Erfahrungen, was Beziehungen anging, allerdings ebenso fundierte Kenntnisse darin, sie wieder aufzulösen, denn er war bereits zum dritten Mal verheiratet. Seit ein paar Monaten lebte er mit seiner neuen Freundin im Reihenhaus aus rotem Backstein, mit Carport, Gartenteich und Einbauküche von Ikea. Die Brüder hatten ganz unterschiedliche Vorstellungen vom Leben und sahen sich, seit Kramer die Stadt verlassen hatte, ein- oder zweimal im Jahr aus familiären Anlässen, sonst hatten sie keinen Kontakt. Bereits im Kindesalter hatten sie sich nicht viel zu sagen gehabt, und wenn sie sich heute trafen, wechselten sie im Idealfall vier, fünf Sätze, für mehr reichte das Interesse zum Leidwesen seiner Mutter auf beiden Seiten nicht.

Ratlos ließ Kramer den Blick durchs Zimmer gleiten. Dann öffnete er die Schreibtischschublade und wühlte darin herum. Schließlich zog er ein vergilbtes Blatt Papier hervor. Darauf geschrieben stand ein Gedicht, das er mit siebzehn Jahren für einen seiner Mitschüler verfasst hatte, in den er verliebt gewesen war. Er hatte den Zettel damals im letzten Moment wieder aus dem Postkasten des Angebeteten fischen können und ihn bis heute aufbewahrt.

Sehe dich an
mit anderen Augen,
suche den Blick,
möchte dran glauben,
doch die Gewissheit ist da,

die Hoffnung schwindet,
jenes zu finden,
das andre verbindet.

Ganz schön schwülstig, dachte Kramer. Und auch das Reimschema war etwas einfallslos, ein solider unterbrochener Kreuzreim, nichts weiter, aber an Aktualität hatte es nichts eingebüßt. Kramer überlegte, ob er das Gedicht an Christoph schicken sollte oder an seine Pinnwand bei Facebook posten, damit es alle sehen konnten. Oder, noch besser, es vielleicht in einem passenden Moment aufsagen wie damals, als er mit Stock und Kutte verkleidet Theodor Storms «Knecht Ruprecht» bei einer Schulveranstaltung zum Besten gab. Doch ob Christoph das genauso putzig finden würde wie damals die Eltern seiner Klassenkameraden? Kramer verwarf den Gedanken ganz schnell wieder, zerknüllte den Zettel und schmiss ihn in den Papierkorb.

Es ist, wie es ist, dachte Kramer und verzog das Gesicht, als er den lauwarmen Rest der siebten Flasche Beck's hinunterschluckte. Christoph war nicht bereit, seine Beziehungsbilanz aufzubessern. Kramers Blick wurde trüber und trüber. Dass er sich damit abzufinden hatte, wurde ihm jedoch immer klarer.

Beck's #8 (1,4–1,6 ‰)

Kramer blickte auf die sieben leeren Flaschen, die er auf dem Küchentisch in einer Reihe aufgestellt hatte, und genoss die Trägheit, die sich in seinem Kopf breitmachte.

Er hatte niemanden mehr erreichen können, und niemand hatte ihn erreicht. Also gut, seufzte Kramer, dann werde ich mich also doch alleine auf den Weg machen. Vielleicht hatte seine Mutter ja recht und es würde auch alleine ein vergnüglicher Abend. So richtig daran glaubte er nicht, aber ein Versuch war es wert. Er nahm die letzte Flasche Bier aus dem Kühlschrank und warf sich die Jacke über. Leise zog er die Wohnungstür hinter sich zu. Im Hausflur war es still und es roch nach Katzenpisse.

Draußen schneite es. Schöne, dicke, nasse Flocken, die auf den Lippen hängen blieben, schmolzen und den ersten Nachdurst stillten. Dumpf fiel die Tür hinter ihm ins Schloss. Seine Schritte im Schnee verursachten ein sattes Knirschen, ein Geräusch, das ihn an früher erinnerte, als er mit Julia Schneeballschlachten veranstaltete, die erst dann endeten, bis einer von ihnen heulte. Meistens war das Kramer gewesen.

Scheißklimawandel, murmelte er und sein warmer alkoholisierter Atem kondensierte in der kalten Luft zu kleinen Wölkchen. Bierwölkchen, die emporstiegen und sich in der Höhe auflösten.

Kramer schloss sein Fahrrad auf. Es war ein Fahrrad mit

Stange und ohne Korb, ein Männerfahrrad. Vorsichtig stieg er in die Pedalen. Mit einer Hand hielt er die Flasche fest umschlossen, mit der anderen versuchte er das Fahrrad durch den frisch gefallenen Schnee zu manövrieren.

Der Mond schien hell vom Himmel und tauchte die Umgebung in ein geheimnisvolles Licht. Die Nacht war sternenklar. Die wenigen Wolken, die am Himmel vorbeizogen, bildeten einen gräulich violetten Schleier, der von den Lichtern der Stadt angestrahlt wurde. Ein schöner Moment, dachte Kramer, und blickte mit weit geöffnetem Mund hinauf in den Himmel.

Er kannte sich nicht aus mit Sternenbildern, konnte gerade noch den Großen Wagen identifizieren und den Polarstern, der laut Geografie-Buch der Klasse 5 die Deichsel des Kleinen Wagens verlängerte und den Betrachter Richtung Norden wies. Das war aber auch schon alles.

Was für eine kleine Nummer war man doch im Universum, das so weit und unendlich schien, dachte Kramer. Eine kleine Nummer mit großen Problemen. Er erinnerte sich an ein Gespräch, das er mit Julia geführt hatte, als er den Zivildienst antrat. Er litt wieder einmal an Liebeskummer, weil er sich unglücklich in einen Kollegen verliebt hatte, der, nicht zuletzt, weil er heterosexuell war, nichts von ihm wissen wollte. Sie hatte ihn gefragt, ob sein Leid sich irgendwie relativierte, jetzt, wo er teils kranken, teils verwahrlosten, allesamt hilflosen und vereinsamten Menschen aufgetautes Tiefkühlessen in einer klebrigen Styroporbox in die knochigen Hände drückte.

Er musste nicht lang nachdenken, um ihr zu antworten, dass er sich genauso elend fühlte wie vorher. Vielleicht sogar noch elendiger, denn er hatte das Gefühl, dass sein alltägliches Leid sich noch verschlimmerte, denn nun plagten ihn nicht nur chronische Zukunftsängste und akuter Liebeskummer, sondern er sah sich außerdem mit einem Elend konfrontiert, das ihm hinterherschlurfte, gestützt auf quietschende Rollatoren, eingehüllt in einen Geruch aus Urin, Tod und Werthers-Echte-Aroma. Das eigene Leid ließ sich nicht so einfach durch ein anderes, möglicherweise schlimmeres, relativieren. Und zum Glücklichsein gehörte mehr als nur die Abwesenheit schmerzlicher Gedanken oder die Gewissheit, dass es ihm zumindest besser ging als anderen.

Kopfschüttelnd fuhr er durch den verschneiten Stadtteil, in dem er wohnte, seit er zu Hause ausgezogen war. Kramers Augen tränten vom eisigen Fahrtwind, der ihm ins Gesicht blies. Auf der Hauptstraße waren noch vereinzelt Menschen unterwegs, die sich ebenso wie er durch den Schnee kämpften. In den grell erleuchteten Dönerbuden sah man müde Gestalten sitzen, und vor dem alten Apollo-Kino stand eine Traube Menschen, die sich wild gestikulierend über den gerade gesehenen Film unterhielten. Vorm Edeka-Laden, in dem er einst Christoph zum ersten Mal begegnet war, bog Kramer rechts ab. Es dauerte nicht lange und er hatte die Brücke erreicht, die in den großen Park führte. Kleine Eisschollen trieben auf dem Flüsschen, in dem sie im Sommer noch verbotenerweise gebadet und an dessen Ufer sie fast jedes Wochenende gegrillt hatten.

Von Weitem hörte man die Stadtbahn vorüberfahren. Quietschend und ächzend bahnte sie sich ihren Weg am großen Büro- und Wohnzentrum vorbei, einem trostlosen grauen Klotz aus den Sechzigerjahren, dem man vor Kurzem einen neuen Anstrich verpasst hatte, als ließe sich die Tristesse, die von ihm ausging, mit ein bisschen Farbe einfach übermalen.

Am Himmel zog ein Flugzeug vorüber. Die Lichter der Tragflächen blinkten in einem gleichmäßigen Rhythmus. Kramer reckte den Kopf in die Höhe und blickte fasziniert auf die vorbeiziehenden Lichtpunkte. An ... aus ... an ... aus ... an ..., dann schepperte es plötzlich und der sternenklare Himmel vor Kramers Augen verschwand. Im Fallen entfuhr Kramer ein lauter Furz, der in der Stille der Nacht verhallte, und er spürte, wie sein Gesicht auf die dünne Schneeschicht krachte.

Regungslos blieb Kramer liegen. Sein Herz pochte wie verrückt. Mühsam rappelte er sich auf. Das Vorderrad drehte sich immer noch langsam um seine eigene Achse. Die Flasche Bier lag ein paar Meter entfernt, ihr Hals war abgebrochen. Still und ruhig verfolgte er die Bewegung des eiernden Rades. Er schmeckte Blut im Mund. Es hinterließ einen metallischen Geschmack, von dem Kramer würgen musste. Seine Unterlippe, die er gerade noch mit Labello Hydro Care auf den Abend vorbereitet hatte, war aufgeplatzt. Das Blut tropfte in den Schnee.

Langsam hob Kramer den Kopf. Sein Schädel brummte. Er hatte Schürfwunden an den Händen und in der Hose klaffte ein Loch. Ächzend stand er auf.

Vorsichtig tastete er über sein Gesicht. Sein Kapital hatte hoffentlich keinen Schaden genommen? Er fuhr mit der Zunge die obere Zahnreihe entlang. Die Zahnspange saß noch an der richtigen Stelle. Sein Gebiss war also noch intakt. Ein ausgebrochener Schneidezahn oder eine verbogene Zahnspange hätte ihm jetzt gerade noch gefehlt.

Wie es schien, hatte nur seine Lippe bei dem Sturz einen

kleinen Kratzer abbekommen. Immerhin groß genug, um damit im Klub bei den anderen Mitgefühl zu ernten. Es geht schon wieder, würde er leise zu Christoph sagen, wenn er ihn fragte, was passiert sei. Dabei die Augen zusammenkneifen und ihn gequält anlächeln. Stärke demonstrieren, wo nichts als Schwäche war, das war die Aufgabe für den heutigen Abend.

Kramer schob sein Fahrrad zur Mitte der Brücke. Dort blieb er stehen, tupfte sich mit einem Tempotaschentuch, das nach ätherischen Ölen roch, das Blut von der Lippe und blickte auf das verbogene Vorderrad. Wenn er nicht allzu schnell fuhr, müsste es eigentlich funktionieren, dachte er, richtete das Fahrrad auf und setzte sich auf den Sattel, dessen Gummiummantelung aufgerissen war, sodass der gelbe Schaumstoff herausquoll.

Langsam rollte Kramer den Hang hinter der Brücke hinunter, bog sachte in die Parkanlage ein, immer darauf bedacht, sich nicht noch einmal hinzulegen. Die Acht im Vorderrad verschaffte sich quietschend Gehör, doch er ignorierte sie und trat stattdessen härter in die Pedale. Der eisige Fahrtwind brannte auf der Wunde und Kramer verzog das Gesicht.

Eigentlich eine schöne Stadt, dachte er. Gemütlich, unangestrengt, authentisch. Nicht zu groß und nicht zu klein. Nicht wirklich schön, aber auch nicht hässlich. Eine Stadt, die nicht krampfhaft versuchte mehr zu sein, als sie war. Es war eine Stadt, in der einem die schönen Ecken nicht auf dem Präsentierteller serviert wurden, doch sie waren da, man musste nur etwas gründlicher nach ihnen suchen als anderswo. Hier gab es zunächst einmal den größten Stadtwald Europas, eine Tatsache, von der Kramer jeden Besucher gleich zu Beginn in

Kenntnis setzte, noch bevor der sich auf dem Bahnhofsvorplatz über die vielen Bausünden der Nachkriegszeit mokieren konnte. Die präsentierten sich gerade im City-Bereich der Stadt so zahlreich, als ginge es darum, im Wettbewerb um die hässlichste Fassade den ersten Preis abzustauben.

Aus der Innenstadt war abgesehen von der Oper und dem historischen Bankenviertel nicht viel Sehenswertes herauszuholen. Die Altstadt war verhältnismäßig klein, aber das, was noch von ihr übrig oder wieder aufgebaut worden war, konnte sich sehen lassen. Doch wollte man die wirklich schönen Orte finden, dann musste man raus aus der City. Zum Beispiel zur alten Bettfedernfabrik, die heute alternatives Veranstaltungszentrum war, auf dessen Gelände man im Sommer so herrlich im Biergarten in der Sonne sitzen und die Seele bei einem kühlen Harry baumeln lassen konnte. Oder man fuhr am Fluss entlang zur Schleuse oder dem Volksbad, wo sie im Sommer immer badeten. Abends ging es dann zurück in die Stadt, in den Stadtpark, der im Stil englischer Landschaftsgärten angelegt worden war und wo sie abends immer vor dem Museum grillten. Kramer seufzte. Er lebte eigentlich ganz gern hier. Eine Durchschnittsstadt für einen Mittelmaßmenschen, dachte er. Irgendwie passend.

Doch in letzter Zeit, seit Kramer sein Leben so öde und sinnlos empfand, wuchs sein Bedürfnis hinauszukommen, etwas Neues zu erleben. Er wollte weg aus dieser Stadt, von der so mancher behauptete, sie sei nur deshalb so gut ans Fernstraßen- und ICE-Netz angeschlossen, damit man schnell die Biege machen konnte. Immer mehr seiner Freunde taten das auch, Jürgen war nur einer von vielen. Wie die Lemminge, verführt vom süßlich-bitteren Duft der Wochenendekstasen, trieb es sie in Scharen gen Osten, und waren sie erst einmal weg, dann dauerte es nicht lange und sie trugen Buddy-Holly-Gedächtnisbrillen mit Fensterglas und fashy Röhrenjeans mit Hosenträgern. Oder alles Vintage, das ging ja sowieso immer. Die ganz Mutigen unter ihnen ließen sich noch einen Schnurrbart wachsen, so à la Tom Selleck, und nannten ihn vornehm «Moustache». Dort, wo sie jetzt wohnten, konnte man alles machen, ohne schief angeguckt zu werden und ohne dass jemand mit dem Finger auf einen zeigte. Auf Facebook posteten sie jedes Wochenende neue Bilder von trendigen Menschen auf trendigen Partys, denen man anmerkte, wie sie sich anstrengten, nicht trendig zu wirken. Und wenn sie hin und wieder zurückkehrten in die alte Heimat, dann erzählten sie fortwährend von ihrem Kiez, der ja so ganz anders war als anderswo und sowieso überhaupt das einzig Wahre. Dass man ja heutzutage nicht mehr in diesem oder jenem Viertel wohnte, aber in jedem Falle in einem unsanierten Hinterhof, weil's so authentisch war, so echt. Dass man nicht mehr in die Pannebar oder den Club der Visionäre gehen könne, wegen der vielen Touristen und so, sie es aber dann irgendwie trotzdem immer wieder taten, aber eben erst sonntags am späten Nachmittag.

Kramer lauschte ihren Predigten, hing an ihren Lippen, als erzählten sie vom Paradies, auch wenn er ahnte, dass es sich eigentlich um armselige Menschen handelte. Menschen, die sich und anderen die ganze Zeit etwas vormachten, eine Rolle spielten, obwohl sie nur Statisten waren vor der übermannsgroßen Kulisse, die einige von ihnen bereits verschlungen hatte. Aber mal angucken, kostete ja nichts, hatte er Jürgen gesagt und sie hatten schon eifrig Pläne geschmiedet, was sie alles unternehmen würden, wenn Jürgen erst mal in Berlin wohnte.

Es dauerte nicht lange und Kramer hatte die alte Schokoladenfabrik erreicht. Früher, als sie noch alle hier wohnten, waren sie oft hierhergegangen. Die «Schwule Sau», so der Name des schwul-lesbischen Veranstaltungszentrums, war mehr als nur eine homosexuelle Begegnungsstätte, sie war eine richtige Institution in der Region. «Ein Kleinod in der niedersächsischen Tristesse», wie es auf der Homepage hieß. Und es stimmte. Die Partys gehörten zu den besten der Stadt, entspannte Abende mit Menschen, die einem im Allgemeinen nicht sofort an die Wäsche wollten, sondern Lust hatten, zu tanzen oder sich nett zu unterhalten. Das Musikspektrum reichte von Popmusik diverser Jahrzehnte über Indie-Rock bis hin zu elektronischen Klängen. Kramer gefiel das. Jeden zweiten Freitag im Monat hatte er sich mit seinen Freunden hier getroffen. Sie glühten zu Hause gemeinsam vor und machten sich dann auf den Weg.

Doch die Treffen waren seltener geworden. Seine besten Freunde waren weggezogen, und rief er Bekannte an, um zu fragen, ob sie Lust hatten mitzukommen, so bekam er immer häufiger zu hören, dass sie freitags zu kaputt seien und lieber zu Hause blieben, um die Füße hochzulegen und die NDR-3-Talkshow mit Barbara Schöneberger und Hubertus Meyer-Burckhardt zu schauen.

Kramer schloss sein Rad an den rostigen Zaun, der das ehemalige Fabrikgebäude umgab. An der Wand stand Christophs Fahrrad. Es war mit einem anderen Herrenfahrrad zusammengekettet. Christoph und sein neuer Freund. Von innen drangen Fetzen von Kim Wildes *You keep me hangin' on* nach draußen. Na, das passt ja, dachte er und trat auf die stählerne Eingangstür zu. Er war nervös. Wie würde er reagieren, wenn er Christoph traf? Und noch viel wichtiger:

Wie würde der auf ihn reagieren? Immerhin hatten sie jetzt seit fast drei Wochen keinen Kontakt mehr gehabt. Niemand würde so recht wissen, was er sagen sollte, und angestrengt versuchen, die peinliche Stille mit oberflächlichen Fragen zu füllen. Wie's dem anderen denn so ginge und wie lange man schon da sei, und dann vielleicht noch ein paar kluge Sätze zur Musik, die ja gerade ganz gut sei und so. Zum Schluss noch alles Gute und viel Spaß und Tschüss.

Lassen wir's drauf ankommen, dachte Kramer und trat mit Herzklopfen durch den schweren, dunklen Vorhang am Eingang.

Kramer zog die Jacke aus, die – wie er nun bemerkte – vom Sturz ebenfalls einen Riss davongetragen hatte, und legte sie auf den Tresen. Die dünne, blass geschminkte Emo-Husche mit seltsam asymmetrischer, schwarz gefärbter Mähne und smokey Eyes an der Jackenannahme musterte ihn skeptisch.

«Is' was?» Kramer zog angenervt die Augenbrauen hoch und guckte sein Gegenüber herausfordernd an. Irgendwie kam ihm der Junge bekannt vor. Die schwule Szene der Stadt war nicht besonders groß, und wenn man ausging, traf man im Grunde genommen immer wieder die gleichen Leute. Ob man wollte oder nicht. Meistens wollte Kramer es nicht. Er stand nachdenklich am Tresen. Nicht, dass ihm der Junge gefiel, doch der Gedanke ließ ihn nicht los, dass er mit ihm schon mal gesprochen hatte. Plötzlich fiel es ihm ein. Kramer war erst kürzlich auf sein Profil bei Gayromeo gestoßen. Die Fotos zeigten ihn mal mehr, mal weniger nackt und mit ausgestrecktem Mittelfinger, den er dem Betrachter provozierend entgegenstreckte. Schwarz-weiße und Sepia-Welten auf stillgelegten Güterbahnhöfen und Industriebrachflächen.

«Ich beiße nicht» stand darunter und nach drei Punkten der Zusatz «nur manchmal». Kramer ließ es sich nicht nehmen, die Bilder mit einem ironischen Kommentar im Gästebuch zu kommentieren. Schließlich hatten sie sich miteinander angelegt und ein paar bitterböse Messages hin- und hergeschickt, bis Süßer_Boy92 ihn am Ende blockte.

«Nein, nein, schon gut», erwiderte die Schwarzhaarige und reichte Kramer die Garderobennummer. «Viel Spaß!» Kramer steckte die Nummer in die Hosentasche, zahlte den Eintritt und verschwand im Dunkeln.

Der Klub teilte sich in zwei Räume. Ein großer dunkler Raum mit Theke und einer circa sechs mal drei Meter großen Tanzfläche befand sich im unteren Bereich. Über eine Treppe erreichte man den zweiten Raum im Obergeschoss, der in schummriges Licht gehüllt war und vollgestellt mit ausrangierten Polstermöbeln. Auch hier gab es eine Theke.

Unten war noch nicht viel los. Nur vereinzelt standen ein paar Gäste herum. Pausbackige Jungs mit untrainierten Ärmchen, Palästinensertuch, Blingbling-Proll-Klamotten von Ed Hardy und Hang zum verschwenderischen Einsatz von Selbstbräuner. Die Krochas waren mit ihrer äußeren Statur das genaue Gegenteil der untergewichtigen, zero-sizeigen Emo-Schwulen, die stärker noch als durch die Strasssteine auf ihren T-Shirts durch ihre vielen Gesichtspiercings funkelten, die sie durch gnadenlos dünn gezupfte Augenbrauen, Unterlippen oder Nasenflügel rammten.

Auch ein Vertreter der sogenannten Guidos hatte sich in den Klub verirrt. Unsicher stand er an der kleinen Theke und hielt einen Wodka-Red-Bull umklammert. Guidos waren grotesk aufgepumpte und ganzkörperrasierte Muskelprolls mit Tribal-Tattoo, Dogtag und einem Dauerabo im Sonnenstudio Barbados. Sie trugen in der Regel zu kleine Unterhemden und selbst innerhalb des Klubs Fake-Sonnenbrillen im XXL-Format. Von ihnen verirrte sich nur selten einer in den Laden. Lieber verbrachten sie ihre Abende auf Schaumpartys in irgendwelchen Großraumdiscos der Region und behaupteten, sie seien heterosexuell.

Die Tanzfläche war nahezu leer. Die Einzigen, die sich zu diesem frühen Zeitpunkt bereits auf die Tanzfläche wagten, waren zwei Mädchen, die sich in zu enge Leggings gekämpft hatten und nun aussahen wie ein Paar tanzende Presswürste. War ja klar, dachte Kramer und seufzte. Die Gabis fehlten grundsätzlich auf keiner Schwulenparty. Sie standen dort meist im Weg oder versperrten Kramer die Sicht auf die wenigen gut aussehenden, natürlich gebliebenen Jungs, die sich lässig durch den Raum bewegten wie junge Geparden durch die Savanne und nur dann zur Pinzette griffen, wenn sie sich beim Holzhacken einen Splitter in den Daumen gerammt hatten. Diese Jungs traute Kramer sich zwar nicht anzusprechen, aber gucken war ja wohl erlaubt.

Als er nach oben gehen wollte, versperrten ihm zwei Lesben den Weg. Mit ihren blondierten Haaren und dem typischen Kurzhaarschnitt erinnerten die beiden an Claudia und Stefan Effenberg und sie verhielten sich auch so. Grimmig schauten sie ihn an und traten erst im letzten Moment widerwillig zur Seite, dann polterten sie an ihm vorbei.

Kramer war enttäuscht. Bisher war er nur Gestalten begegnet, für die es sich gelohnt hätte, zu Hause zu bleiben, überlegte er und stieg weiter die Treppe hinauf. Sein Knie schmerzte vom Sturz.

Der rot ausstaffierte Raum war gut gefüllt. Überall standen und saßen Männer und unterhielten sich. Er hielt nach Christoph Ausschau und entdeckte ihn sogleich. Er saß im hinteren Teil des Raums auf einer Couch und unterhielt sich mit einem Typen, bei dem es sich um seinen neuen Freund handeln musste. Auch Christoph entdeckte ihn und prostete ihm zu. Mimisch brachte er seine Verwunderung über Kramers Aussehen zum Ausdruck und deutete auf die Wunde. Die hatte Kramer ganz vergessen. Er fuhr sich mit dem Finger über die Oberlippe und spürte eine Kruste frisch getrockneten Blutes. Mit einer lässigen Handbewegung deutete er an, dass alles halb so wild sei, und verschwand dann auf der Toilette.

Die beiden Toiletten waren besetzt, und so entschloss sich Kramer das Pissoir zu benutzen. Er war allein und die Chance, dass es mit dem Pinkeln klappen würde, standen nicht schlecht. Doch gerade als er die Hose aufgemacht und seinen Penis in Stellung gebracht hatte, wurde er von einem jähen Ratsch unterbrochen. Neben ihn war ein Typ Ende zwanzig getreten. Er war etwas größer als Kramer und von athletischer Statur. Er hatte die Jeans mit einem Ruck geöffnet und strullte fröhlich drauflos. Dabei grinste er Kramer mit einem Augenzwinkern an. Kramer lächelte verlegen zurück und versuchte seinerseits das Geschäft, für das er eigentlich hier war, zu verrichten. Doch das fiel ihm nicht so leicht wie dem Pinkelkumpan zu seiner Linken. Kramer biss die Zähne zusammen und presste, doch außer ein paar kläglichen Tropfen war aus ihm nichts herauszubekommen. Erst als er das Scheppern der Gürtelschnalle neben sich vernahm, verursacht durch das Schlackern des üppigen Gemächts, wie Kramer aus dem Augenwinkel erkannte, und sein Konkurrent schließlich den Raum verließ, konnte auch Kramer pinkeln. Seufzend legte er den Kopf in den Nacken und blickte an die Decke. Es dauerte eine ganze Minute, bis Kramers Blase sich geleert hatte.

Erleichtert trat er ans Waschbecken und warf einen Blick in den Spiegel. Auf seiner Oberlippe hatte sich bereits eine dünne Schorfschicht gebildet. Kramer drehte den Hahn auf und hielt das Gesicht in den kühlen Strahl. Das Wasser lief über die Wunde. Ein angenehmes Gefühl. Dann wusch er sich die ramponierten Hände. Die Schrammen erinnerten ihn irgendwie an seine Kindheit, als er mit Julia stundenlang auf der Straße gespielt und sich wieder einmal der Länge nach hingelegt hatte. Die rosa Flüssigseife brannte und er verzog das Gesicht.

Kramer fand es komisch, dass ihm der Anblick von Christoph mit seinem neuen Freund nichts auszumachen schien. War es der Alkohol, der ihn gleichgültig stimmte, ihm dieses «Ihrkönntmirgarnix»-Gefühl verlieh, das sich mit zunehmendem Promille-Gehalt wie eine Rüstung um ihn legte, ihn unangreifbar machte, das Gehirn für ein paar Stunden lahmlegte und auf Freude programmierte? Kramer wusste es nicht. Aber zumindest bis zum nächsten Morgen schienen ihm die Probleme irgendwie abhandengekommen zu sein; mit jeder weiteren vernichteten Gehirnzelle nahm seine Bereitschaft ab, nach ihnen zu suchen.

Vielleicht war er an dem Punkt angelangt, wo der Schmerz, den er verspürte, nicht mehr zu steigern war. Was ihn so gequält hatte, waren die Bilder, die sich in seinem Kopf eingenistet hatten wie ein hartnäckiger Streptokokken-Stamm. Bilder, wie Christoph den Neuen küsste, mit ihm lachte oder

Dinge mit ihm machte, die er vorher mit Kramer unternommen hatte. Sie hatten ihn am Einschlafen gehindert, die Nahrungsaufnahme erschwert und für Herzrasen gesorgt. Und nun? Nun war Kramer dieser Bilder überdrüssig geworden und er empfand immer weniger dabei, wenn er sie doch noch mal vor seinem inneren Auge abrief.

Habituation nannte das die verhaltenstherapeutische Literatur. Wie die Pawlow'sche Töle, die das ständige Gebimmel leid war, war auch Kramer Christophs Reizen gegenüber immun geworden. Die Spannung war weg, die Problematik kaputt gedacht.

Kramer befand sich nun in der Komm-lass-uns-Freunde-bleiben-Phase. Der Anblick von Christoph und dem anderen Typen, wie sie so dastanden, sich umarmten, zuzwinkerten und lachten, war wie der letzte Sonnenuntergang am Abend vor der Heimreise, wenn der Urlaub vorüber war und man wusste, morgen ging es wieder zurück nach Hause. Es tat schon ein bisschen weh, aber dennoch freute man sich irgendwie auch. Das Bild vom Meer verblich nach und nach, bis schließlich nur noch ein Motiv für das Fotoalbum übrig blieb. Also entschloss er sich Tschüss zu sagen, so wie es sein Bruder und er getan hatten, als sie klein waren. Sie klebten an der Autoscheibe des VW Bulli, warfen einen letzten Blick zurück, einträchtig und ein wenig traurig, aber auch voller Freude auf zu Hause. «Tschüss Strand!», riefen sie. «Tschüss Campingplatz! Tschüss Kiefernwald!» – «Tschüss Christoph!»

Kramer bahnte sich einen Weg in Richtung Theke. Er wurde langsam müde und bestellte einen Wodka-Red-Bull. Von hier aus beobachtete er die Leute. Ein paar von ihnen kannte er flüchtig aus dem Chat, doch außer einem kurzen Hallo gab es nichts zu sagen. Er versuchte einen möglichst lässigen Eindruck zu vermitteln, ein hoffnungsloses Unterfangen angesichts der Zahnspange und der Schrammen, die er im Gesicht herumtrug. Er kam sich irgendwie dumm vor, wie er so dastand, deplatziert wie ein in Stein gehauener Fremdkörper, mit griesgrämiger Miene allein in der Menge, unter all diesen Menschen, die sich so angeregt miteinander unterhielten oder tanzten. Hilflos versuchte er den Takt der Musik durch das Wiegen des Kopfes aufzunehmen und klammerte sich verkrampft an das Glas Wodka-Red-Bull in seiner Hand wie einst an den Rockzipfel seiner Mutter, wenn sie ihn vor der Schule absetzte.

Keiner sprach ihn an. Kramer versuchte, so gut es ging, den Blicken auszuweichen, die auf ihn gerichtet waren und ihm zu verstehen gaben, dass er ihnen leidtat. Sie schienen sagen zu wollen: Komm, geh mal lieber nach Hause, das wird heute nichts mehr. Doch Kramer würde so schnell nicht aufgeben. Die Zeiger der Uhr drehten sich, aber er hielt die Stellung.

Die meisten von ihnen hielten ihn ohnehin für arrogant oder schlecht gelaunt. Ein Eindruck, den er seiner Umgebung vermittelte, wenn er einfach nur so rumstand und vor sich hin guckte. Es sah dann so aus, als sei ihm irgendetwas über die Leber gelaufen. Er lächelte zu wenig und bot einen Anblick, als wolle er einen Terroranschlag verüben und nicht etwa das Herz eines Mannes entzünden.

Auch heute Abend waren durchaus ein paar Typen unter den Gästen, die Kramer gefielen. Doch sie von sich aus anzusprechen, das schaffte er nicht. Er hatte das Gefühl, er müsse ganz besonders originell sein und sich interessanter machen, als er war. «Me, you, fuck, fuck?», das klappte vielleicht bei

Cristiano Ronaldo, hier im Klub musste er sich da schon etwas mehr einfallen lassen.

Angucken. Weggucken. Angucken. Weggucken. Angucken. Lächeln. Weggucken. Angucken. Noch mal lächeln. Warten, dass man angesprochen wird. Selber ansprechen. Kein Interesse. Reichte es zu einem Bier, galt es kühlen Kopf zu bewahren und sich gut zu verkaufen. Doch hier lag der Haken. Wagte sich nämlich doch mal einer an ihn ran, so redete sich Kramer um Kopf und Kragen und überfrachtete das Schiff, das gerade am Anlanden war, bis es schließlich ganz unterging.

Hinten im Raum war eine kleine Bühne aufgebaut. Ein Mikrofon stand verlassen in der Mitte. Plötzlich hallte die Stimme des DJs durch den Raum: «So, Leute. Eine letzte Runde machen wir noch. Wer traut sich? Freiwillige vor!» Heute war also wieder mal Karaoke.

Christoph gab von Weitem zu verstehen, dass Kramer sich einen Ruck geben sollte. Doch der zeigte ihm einen Vogel und winkte kopfschüttelnd ab.

Stattdessen eilte ein dünner Typ im karierten Hemd und Karottenjeans hastig auf die Bühne und griff selbstbewusst zum Mikrofon. Kramer hatte das Gefühl, ihn schon mal irgendwo gesehen zu haben, als die ersten Akkorde von Robbie Williams' *Angel* erklangen. Die Zuschauer fingen an zu jubeln. Plötzlich ertönte ein lautes Piepen aus den Boxen und der Robbie-Anwärter erschrak und verpasste seinen Einsatz. Zeile um Zeile hinkte er der sich pink einfärbenden Schrift auf dem Monitor hinterher, und es dauerte etwa eine halbe Minute, bis er sich wieder gefangen und die Schrift eingeholt hatte. Es war nicht zu überhören, dass Englisch nicht seine

Stärke war. Das «th» war ihm ebenso fremd wie die englische Aussprache des r-Lautes. But sru it all, dem Erfolg seiner Darbietung tat das keinen Abbruch. Ungeachtet der Tatsache, dass er jeden zweiten Ton versemmelte, wurde er vom Publikum frenetisch angefeuert. Als er den Zuschauern in der ersten Reihe übermütig zuzwinkerte, verhaspelte er sich erneut und überholte dabei die Schrift, sodass er früher fertig war als die Frau im Video, die sich barbusig auf einem Billardtisch rekelte und ihr dauergewelltes Haar lasziv zurückwarf. Die Gäste klatschten, und manche von ihnen forderten sogar eine Zugabe.

Kramer stand gerade an der Theke, um sich ein Bier zu bestellen, als der DJ erneut zum Mikrofon griff. «Unser nächster Kandidat heißt ...», und er machte eine kleine Pause, um Spannung zu erzeugen, «Bastian!»

Kramer erschrak und wollte sich gerade aus dem Staub machen, als ihm Christoph den Weg versperrte. Kramer warf ihm einen bösen Blick zu, doch Christoph grinste nur schelmisch und schob ihn in Richtung Bühne. Kramers Herz schlug ihm bis zum Hals, doch schließlich nahm er seinen ganzen Mut zusammen, bahnte sich den Weg durch das Publikum und stieg zum DJ hinauf, auf die Bretter, die vermutlich seinen Untergang bedeuteten. Unsicher lächelte er in die Menge und seine Zahnspange glänzte im Licht der Scheinwerfer. Ihm kamen Zweifel, ob er mit dem Metall im Mund überhaupt singen konnte. Zwar hatte er in den letzten Wochen gelernt, sich einigermaßen verständlich zu machen, gesungen hatte er damit jedoch noch nicht.

«Was möchtest du singen, Bastian?», fragte ihn der DJ.

Kramer zuckte mit den Schultern. Er hatte keine Ahnung und warf erst mal einen Blick in die Songliste, die neben der

Karaoke-Anlage auf dem Tisch lag. Eigentlich kannte er nur Balladen, von Curtis Stigers, Michael Bolton oder Richard Marx, aber das schien ihm hier nicht angebracht.

Nach kurzem Zögern traf Kramer seine Entscheidung. Aus den Boxen dröhnte simples Keyboard-Geklimper und das Publikum jubelte. Zitternd griff er zum Mikrofon und begann davon zu singen, dass tief in seinem Herzen ein Feuer loderte und der Wunsch nach einem Neubeginn reifte. Er starb in seinen Emotionen, lebte in einer Traumwelt und so weiter. So richtig Sinn ergab der Text nicht, doch darauf kam es jetzt nicht an. Als der Refrain einsetzte, hörte Kramer, wie das gesamte Publikum johlte und unterstützend mitsang:

You're my heart, you're my soul,
I'll keep it shining everywhere I go
You're my heart, you're my soul
I'll be holding you forever
Stay with you together.

You're my heart, you're my soul
Yeah, I'm feeling that our love will grow
You're my heart, you're my soul
That's the only thing I really know.

Nach knapp drei Minuten dreißig hatte es Kramer geschafft. Erleichtert trat er von der Bühne, das Publikum applaudierte. Vereinzelt wurde die Forderung nach einer Zugabe laut. Doch Kramer winkte kopfschüttelnd ab. Er fühlte sich zwar geschmeichelt und genoss das Gefühl, es Christoph und den anderen gezeigt zu haben, doch seine Kehle war trocken und verlangte nach etwas zu trinken. Ein paar Jungs klopften ihm anerkennend auf die Schulter, als er sich an ihnen vorbei einen Weg zur Theke bahnte.

«Ein Beck's, bitte.» Kramer legte drei Euro auf den Tresen, als sich erneut der Rückkopplungseffekt mit einem grellen, ohrenbetäubenden Fiepen zu Wort meldete und die Aufmerksamkeit der Gäste wieder auf die Bühne lenkte, wo sich eine Gabi und ihr Kompagnon eingefunden hatten, um den nächsten Song zum Besten zu geben.

«Du kannst ja richtig gut singen. Nicht schlecht. Jetzt liegen dir bestimmt alle Herzen zu Füßen.» Das Mädchen hinter der Theke lächelte Kramer an und reichte ihm das Bier.

«Na, nicht alle», antwortete Kramer und deutete mit dem Kopf auf Christoph, der knutschend in der gegenüberliegenden Ecke stand.

«Ach komm, auch andere Mütter haben schöne Söhne.» Sie zwinkerte ihm zu.

Den Spruch hatte Kramer doch schon irgendwann gehört. Er grinste sie an, schnappte sich das Bier und ging hinunter zur Tanzfläche. Die letzten Zeilen von Pat Benatars *Love is a battlefield* waren zu hören, als er den Raum betrat, und Whitney Houstons *I wanna dance with somebody* fadete langsam ein. Allerdings handelte es sich nicht um die bekannte 87er-Version vom Whitney-Album, sondern irgendeine modernere verhouste Fassung. Nicht schlecht gemacht, aber an das Original reichte es nicht heran, dachte Kramer und kämpfte sich zur Tanzfläche durch. Leise stimmte er beim Refrain mit ein und wiegte den Oberkörper rhythmisch hin und her. Wenn er beim Text nicht weiterwusste, nahm er einen Schluck aus der Flasche und setzte sie erst beim Refrain wieder ab, dann drehte er sich mal in die eine, mal in die andere Richtung und guckte sich unsicher um. Irgendwie wollte es heute nicht so richtig klappen mit dem Tanzen. Er fühlte sich unwohl. Kramer versuchte vergebens ein paar lässige Moves aus seiner Jazzdance-Vergangenheit in die unvollendete Choreografie einzubauen, ging leicht ins Plié, warf die Arme in die Höhe und drehte sich schwankend um die eigene Achse. Dabei stolperte er gegen einen der Krochas, die am Rande der Tanzfläche standen und aus ihren scharlachroten Gesichtern argwöhnisch dreinblickten.

Schließlich gab Kramer auf. Enttäuscht verließ er die Tanzfläche und steuerte auf einen freien Hocker an der Theke zu. Von dort aus beobachtete er die fröhlichen Menschen eine ganze Weile. Wenn das so weiterging, würde er bald wieder nach Hause fahren.

«Na, Lust, noch was zu trinken?»

Kramer drehte sich zur Seite. «Hi, ich bin Tobias.» Zwei helle blaue Augen guckten ihn aus einem fröhlich grinsenden Gesicht an.

Ein blonder Christoph, schoss es Kramer durch den Kopf. Ein blonder Christoph mit Locken. Ein blonder, lockiger, etwas größerer Christoph. Christoph und Kramer waren in etwa gleich groß. Tobias dagegen überragte Kramer um ein paar Zentimeter. Nicht viel, etwa um eine Handbreite. Wahrscheinlich maß er einen Meter zweiundachtzig.

Ein blonder, lockiger, großer Christoph, Kramer musste bei diesem Gedanken grinsen, traute sich jedoch nicht. Zwar konnte sein Gegenüber die Zahnspange eigentlich nicht übersehen haben, als er auf der Bühne stand, doch aus der Nähe bot sie sicher einen noch viel abstoßenderen Anblick.

Tobias hatte eine legere Baggy-Pants an, die keine Anstalten machte, die blau-weiß karierte Boxershorts zu verbergen, die er darunter trug. Kramer mochte Boxershorts. Allerdings nur bei anderen, das war wie bei Tattoos. Die wollte er selber auch nicht haben, die richtigen Motive an den richtigen Stellen bei den richtigen Leuten fand er aber gelegentlich schon ganz cool.

Was Unterhosen anging, da trug er selber lieber Slips, weil er das Gefühl nicht mochte, wenn zwischen seinen Beinen alles so haltlos hin und her schlackerte. Das zumindest wollte er fest im Griff haben. Einmal hatte er das Tragen von Boxershorts nämlich ausprobiert, und zwar kurz bevor er zum Tennistraining gefahren war. Ein folgenschwerer Entschluss, denn als er von den Schlägen seines Trainers getrieben über die rote Asche flitzte, da machte sich sein loses Gemächt in der Shorts bemerkbar und brachte Kramer völlig aus dem Konzept. Munter hüpfte es drauflos, pendelte in der Unterhose hin und her, die neue Freiheit sichtlich genießend.

Wieder und wieder griff Kramer sich entnervt an die Unterhose, um alles neu zu sortieren, doch half das nichts. Sein Schwanz blieb aufmüpfig und kam nicht zur Ruhe. Zu Hause schmiss er die verschwitzte Boxershorts in den Abfalleimer und schlüpfte, nachdem er geduscht hatte, wieder in den vertrauten Slip.

Tobias schien sich mit derlei Problemen nicht herumschlagen zu müssen. Er bot in den Boxershorts jedenfalls einen sehr ansprechenden Anblick. Zur Baggy-Pants trug er ein anthrazitfarbenes Hoodie. Knallgrüne Turnschuhe von Hummel rundeten das Gesamtpaket überzeugend ab.

«Hast 'ne ziemlich coole Stimme», sagte Tobias, «hat mich beeindruckt, echt.» Er lächelte ihn an. Zwei Grübchen bildeten sich auf seinen Wangen. «Singst du professionell?»

«Ich ... äh ... nee», stotterte Kramer, der sich alle Mühe gab, in diesem so wichtigen Moment nichts Falsches zu machen oder zu sagen. Jetzt nur nicht die Nerven verlieren und sich um Kopf und Kragen quasseln, dachte er. «Ich sing eigentlich nur so. Für mich. Dass ich da oben gelandet bin, ist seine Schuld.» Kramer zeigte auf Christoph, der mittlerweile auch heruntergekommen war und tanzte. «Is 'n Freund von mir. Der hat mich vorhin einfach angemeldet.»

«Na, nicht schlecht. Manche müssen eben zu ihrem Glück gezwungen werden, was?», sagte Tobias. «Also, was möchtest du trinken?» Er deutete auf die leere Flasche in Kramers Händen.

«Ähm ... ich nehme noch ein Bier», antwortete Kramer.

Tobias wandte sich von ihm ab und der Bedienung zu. Auf dem Rücken des Hoodies stand etwas. In dem schummrigen Licht hatte Kramer Schwierigkeiten zu erkennen, was es war. Es musste irgendein Schriftzug sein, das ahnte er, und als schließlich das Discolicht für einen kurzen Moment aufhellte, las er: «I'm drinking to make you pretty!» Kramer verdrehte die Augen und seufzte.

«Da mach dir mal keine Sorgen. Bist auch ohne Alkohol ein ganz Süßer.» Kramer schreckte auf. Tobias hatte sich wieder umgedreht und ahnte wohl, was Kramer dachte. Dann drückte er ihm eine neue Flasche Bier in die Hand. «Prost!» Tobias nickte Kramer freundlich zu. Dabei strich er sich lässig durch die blonden Locken und guckte ihm tief in die Augen. Kramer knibbelte irritiert am Etikett der Flasche, die von einem dünnen Film Kondenswasser überzogen war.

«Hab dich hier schon mal gesehen. Vor ein paar Wochen oder so. Bist du heute ganz alleine da?», fragte Tobias.

«Ja, dachte, ich geh noch mal los, bevor mir zu Hause die Decke auf den Kopf fällt.»

«Sahst vorhin auch nicht so besonders glücklich aus.»

«Echt? Und dabei hab ich mir solche Mühe gegeben», entgegnete Kramer und legte einen betroffenen Gesichtsausdruck auf. Dann lächelte er gleich wieder: «Ich hoffe, ich mache jetzt einen etwas fröhlicheren Eindruck?»

«Also, was mich angeht, ich bin mit dem Ergebnis ganz zufrieden.» Tobias lachte. «Was machst du, wenn du nicht gerade zum Karaoke gezwungen wirst?»

Kramer erzählte, dass er sein Referendariat absolvierte, eigentlich im Prüfungsstress war, dass er aber heute einfach mal rausmusste. Und während er so redete, ließ er seinen Blick über den Körper des anderen wandern. Im Brustbereich spannte sich der Stoff und Kramer war sich sicher, dass sich darunter ein durchtrainierter Brustkorb verbarg. Auch Tobias' Arme waren kräftig. Ein Netz aus dicken violett-blauen Adern auf den Unterarmen kam zum Vorschein, als er die Ärmel seines Hoodies nach oben schob. Nach einem Blick auf seine breiten Schultern kam Kramer schließlich zu dem Schluss, dass er wahrscheinlich irgendwas mit Rudern oder Paddeln zu tun hatte.

«Ganz schön warm hier!», stöhnte Tobias und zog sich prompt das Hoodie über den Kopf. Dabei legte er einen Abdominis frei, der Kramer in Erstaunen und Verzückung zugleich versetzte. «Um die Hüften schlank wie 'n junger Leopard.» Kramer musste an das Lied von Hanne Wieder denken.

Unter dem Hoodie trug Tobias ein petrolfarbenes Tank Top, dessen Ausschnitt Kramer Einblicke fast bis zum Bauchnabel ermöglichte und kaum den eindrucksvollen Pectoralis zu verbergen vermochte, der Kramer in seinen Vermutungen bestärkte, dass es sich bei seinem Gegenüber entweder um einen Kanuten oder Ruderer handeln musste. Einen Kanuten oder Ruderer, der Sprüche-T-Shirts trug, aber zur richtigen Zeit auszog. Kramer musste schmunzeln.

«Ich studiere übrigens auch auf Lehramt. Sport und Bio», sagte Tobias plötzlich.

Kramer grinste. «Das hab ich mir schon fast gedacht.»

«Echt? Warum? Sehe ich so aus, oder was?», wollte Tobias wissen.

«Nein, nein. Nur so. Reine Vermutung», erwiderte Kramer. «Wie weit biste?»

«Im siebten Semester. Werde mich im nächsten dann zum Examen anmelden», antwortete Tobias. «Aber lass uns lieber mal über was anderes reden», schlug er vor, «is' ja doch eher 'n langweiliges Thema. Seit wann trägst du die?» Tobias deutete auf Kramers Mund.

Kramer guckte betreten auf den Boden. Das war nicht unbedingt ein interessanteres Thema in seinen Augen. Er presste die Lippen aufeinander. «Seit drei Wochen», seufzte er.

«Musste ich auch tragen. Alles halb so schlimm. Hab sie letzte Woche abbekommen. Du gewöhnst dich schneller daran, als du denkst. Und dann ist sie auch schon wieder ab. Geht ratzfatz.»

Kramer atmete tief durch. «Dein Wort in Gottes Ohr. Ich kann sie jetzt schon nicht mehr sehen!»

The Look of Love von ABC ertönte aus den Boxen. «Hast du Lust zu tanzen?»

Tobias wartete Kramers Antwort gar nicht erst ab, sondern zog ihn auf die Tanzfläche, die mittlerweile fast leer war. Zögerlich folgte Kramer.

Tobias war kein sonderlich guter Tänzer, aber es war ihm

anzusehen, dass er mit Spaß bei der Sache war, und das fand Kramer sympathisch. Er dagegen bewegte sich nach wie vor lethargisch hin und her, und der einzige Grund, der ihn noch auf den Beinen hielt, tanzte direkt vor seiner Nase und verbreitete bei jeder Bewegung den frischen Duft von Nivea-Duschgel.

Tobias hatte die Augen beim Tanzen geschlossen und ein Grinsen auf den Lippen. Er strahlte eine große Ruhe aus, und Kramer musste sich zusammenreißen, ihn nicht ununterbrochen anzustarren. Tanzend versuchte er an den Rand des Dancefloors zu gelangen, damit er ihn aus sicherer Entfernung weiter beobachten konnte.

«Mooooment!», ertönte plötzlich Tobias' Stimme. «Hiergeblieben!»

«Du, ich wollte nur kurz ...», weiter kam Kramer nicht, denn auf einmal zog Tobias ihn an sich heran, nahm sein Gesicht in die Hände und gab ihm einen Kuss. Kramer durchfuhr ein stechender Schmerz, als Tobias' Lippen seinen Mund berührten. Ganz vorsichtig strich Tobias mit dem Finger über die Wunde und guckte ihn einen Moment lang an. «Noch mal», Kramer boxte Tobias auffordernd in die Seite. Tobias' Lippen waren weich und schmeckten nach Kaugummi. Kramer mochte den Mentholgeschmack. Er schloss die Augen. Eine Szene wie im Film, dachte er. Sie standen in der Mitte der Tanzfläche, die Discokugel warf Tausende kleiner Lichtpunkte in den Raum und alles drehte sich, dass Kramer fast schwindelig wurde.

«Na, das Küssen klappt ja schon mal», sagte Tobias und nahm Kramer noch fester in die Arme, so fest, dass ihm beinahe die Luft wegblieb.

Kramer war verwundert, aber die Nähe schien ihm jetzt

überhaupt keine Angst zu machen, so wie es sonst immer der Fall gewesen war. Er genoss den Moment und vorsichtig erwiderte er Tobias' Druck.

Wie zwei Klammeraffen, die Foxtrott tanzten, standen sie da, jeder fest umschlungen von den Armen des andern. Kramer hatte den Kopf auf Tobias' Schultern gelegt und die Augen geschlossen. War das der Moment, von dem alle behaupteten, man müsse ihn einmal erlebt haben? Den Kopf ausschalten und sich einfach treiben, den Dingen ihren Lauf lassen?

Als Kramer die Augen langsam wieder öffnete, merkte er, wie ihm etwas Feuchtes über die Wange hinunterlief. Es war eine Träne, eine einzelne Glückstäne, die, ohne Aufsehen zu erregen, auf Tobias' schweißnassem Tank Top landete und im feuchten Stoff verrann, ohne verdächtige Spuren zu hinterlassen. Es funktioniert also doch, dachte Kramer und zufrieden lächelte er in sich hinein.

«Du siehst echt ganz schön müde aus», sagte Tobias plötzlich und schaute Kramer tief in die Augen. Dann nahm er sein Handy aus der Hosentasche. «Es ist schon zwanzig nach sechs, wow, ganz schön spät geworden.»

Auch Kramer war überrascht. Die Zeit war wie im Flug vergangen. Außer ihnen waren nur noch wenige Gäste im Klub und der Barkeeper hatte sich bereits darangemacht, die Gläser zu spülen und in die Schränke zu räumen.

«Zeit zu gehen, meinste nicht?» Tobias schaute ihn fragend an.

«Ja, gute Idee, lass ma' machen», gab Kramer zurück und kramte in seiner Hosentasche nach der Pfandmarke für die Garderobe.

«Wenn du mir deine gibst, dann bring ich dir die Jacke mit», bot Tobias an und Kramer reichte ihm den zerknüllten Fetzen Papier. Tobias verschwand.

Nur wer sich ändert, bleibt sich treu, schoss es Kramer durch den Kopf. Auch so ein Spruch, der von Jürgen stammte. Er betrachtete Tobias aus der Ferne, der sich lässig auf den Garderobentresen gelehnt hatte und auf die Ausgabe ihrer Jacken wartete. Vielleicht sollte er sich diesen Spruch auf ein T-Shirt drucken, dachte er und musste schmunzeln. Hin und wieder drehte Tobias sich zu Kramer um und lächelte ihm zu. Kramer lächelte zurück.

«Hier ist deine Jacke.» Tobias stand plötzlich hinter ihm und reichte ihm den blauen Anorak. «Los geht's!»

Als sie ins Freie traten, dämmerte es bereits und der Himmel war in ein zartes Rosa getaucht. Eine Amsel hatte sich wohl in der Jahreszeit geirrt und zwitscherte aufgeregt vor sich hin, als wollte sie nicht nur den Tag, sondern auch sie begrüßen. Ansonsten umgab sie nichts als Stille.

Kramer stand Tobias gegenüber. Der sagte nichts, blickte ihm stattdessen nur in die Augen und lächelte zufrieden. Kramer wurde ein bisschen nervös. Erwartete Tobias, dass er ihn fragte, ob er mit ihm nach Hause ginge? Er war sich nicht sicher. Eigentlich hasste er es, jemanden mit nach Hause zu nehmen. Wenn er es doch einmal tat, wusste er nicht, wie er seinem Gegenüber klarmachen sollte, dass er nach dem Sex lieber alleine wäre. Und so lag er dann neben einem Menschen im Bett, den er im Grunde gar nicht kannte und der trotz Austausches von Körperflüssigkeiten ein Fremdkörper geblieben war. Ein Fremdkörper, der sich laut atmend auf seiner Matratze breitmachte und eine unerträgliche Wärme ausstrahlte. Während der andere seelenruhig schlief, starrte Kramer schlaflos an die Decke und verfolgte Stunde um Stunde das Licht der Scheinwerfer, das vereinzelt vorbeifahrende Autos auf die weiße Raufasertapete warfen. Aus Angst, der andere könnte wach werden und womöglich den Arm im Schlaf um ihn legen, verhielt er sich ruhig und vermied abrupte Bewegungen. Meistens schlich er sich sogar klammheimlich aus dem Zimmer, um auf der Gästecouch zu schlafen.

«Ich geb dir meine Nummer», sagte Tobias ruhig. «Meld dich doch einfach mal, wenn du Lust hast, was zu unternehmen. Würd' dich gern wiedersehen.» Dabei lächelte er.

Kramer lächelte zurück. Tobias' Augen waren gerötet. Schöne Augen, mit langen, dichten Wimpern. Wie bei einem Kamel, dachte Kramer. Hellblau waren sie und er war sich sicher, dass Tobias mit ihnen schon so einige Männer erobert hatte.

Tobias diktierte ihm seine Nummer und Kramer tippte sie in sein Handy. «Ich melde mich», antwortete er. Dann schloss er sein Rad auf, das von einer dünnen Schicht frisch gefallenen Schnees überzogen war.

Tobias nahm ihn noch einmal in den Arm, drückte ihn fest an sich und gab ihm einen flüchtigen Kuss auf die Wange. «Bis dann», sagte er und drehte sich um.

Kramer guckte ihm nach, dann stieg er auf sein Fahrrad und fuhr die verschneite Straße hinauf. Kurz bevor er um die Ecke bog, warf er noch einen Blick zurück. Aus der Ferne konnte er erkennen, wie sich Tobias zu Fuß durch den Schnee kämpfte.

Kramer fuhr den kleinen Abhang hinunter in den Park hinein. Seine Augen begannen zu tränen und verschleierten den Blick. Der eisige Fahrtwind schnitt in sein Gesicht. Ungestüm fuhr er drauflos, kam vom Weg ab, fuhr querfeldein über den frischen Schnee und ließ sich plötzlich fallen, wälzte sich freudetrunken auf der Wiese hin und her und machte einen Engel in den Schnee.

Dann hielt er inne, guckte in den dämmernden Himmel. Ein paar Saatkrähen zogen still und leise über ihm vorbei. Kramer richtete sich auf. Hell reflektierte der Schnee das erste Licht. Es versprach ein schöner Tag zu werden.

Kramer klopfte den Schnee von der Jacke, stieg aufs Fahrrad und trat in die Pedale. Quietschend ächzte es die Brücke hinauf.

Niemand war zu dieser frühen Uhrzeit unterwegs. Er war ganz allein. Kramer hielt in der Mitte der Brücke an und guckte über den Fluss. Lautlos und träge folgte er der ihm zugewiesenen Bahn. Ein Knarren und Ächzen war zu vernehmen, als sich die vom Fluss mitgeführten Eisschollen ineinander verhakten und brachen. Ansonsten war es geisterhaft ruhig: kein Motorenlärm, kein Geschrei, kein Stadtbahngebimmel. Wie ein Mantel hatte sich die Stille über der Stadt ausgebreitet und sie in Tiefschlaf versetzt. Außer dem berstenden Geräusch des Eises lag nur ein dumpfes Klingen in Kramers Ohren. Die Tonspur dieser Nacht, dachte er und setzte den Nachhauseweg fort, an der zerbrochenen Bierflasche vorbei, die noch genau dort lag, wo er sie ein paar Stunden zuvor verloren hatte.

Als er zu Hause ankam, waren seine Mitbewohner bereits im Bett. Leise zog er die Schuhe aus, stellte sie unter den Garderobenständer und schlich lautlos durch den Flur. Manchmal trafen sie sich morgens nach einer langen Nacht in der

Wohnküche und quatschen dann noch ein bisschen. Kramer mochte das. Er konnte sich gar nicht vorstellen, irgendwann mal in einer eigenen Wohnung ganz allein zu wohnen.

Vor der Tür zu seinem Zimmer lag ein Zettel von Yvonne, seiner Lieblingsmitbewohnerin. Kramers Mutter hatte noch einmal angerufen und bat um Rückruf.

Wird schon bis morgen warten können, dachte Kramer, zog die Jacke aus und warf sie auf das Bett. Das vom Zigarettenqualm getränkte T-Shirt zog er über den Kopf und schmiss es auf den Haufen Buntwäsche hinter der Tür. Yvonne wollte am Vormittag zum Waschsalon, und wenn er noch was Buntes hätte, dann würde sie es für ihn mitwaschen, hatte sie gesagt.

Kramer zog sich bis auf die Unterhose aus und schlich über die kühlen Dielen in die Küche, wo noch immer die Beck's-Flaschen auf dem Küchentisch standen, als hätten sie auf ihn gewartet.

Er öffnete den Kühlschrank und nahm die fettarme Milch heraus. Weißes Wasser, wie Yvonne verächtlich kommentierte, wenn sie gemeinsam frühstückten. Kramer goss sich seinen Lieblingsbecher voll, einen weißen «I love NYC»-Becher, den er von seinem letzten USA-Urlaub mitgebracht hatte, stellte die Milch wieder in den Kühlschrank und lief zurück in sein Zimmer.

Die Lüftung seines Laptops surrte leise vor sich hin. Kramer setzte sich an den Schreibtisch und klappte den Deckel auf. Dann loggte er sich in seinen Facebook-Account ein. Nur einer seiner sogenannten Freunde, von denen er immerhin 164 zählte, befand sich auch noch im Chat. Einer von denen, die er nur flüchtig kannte und denen er die Freundschaft mehr aus Gedankenlosigkeit gewährt hatte.

«Na, auch noch wach?», ploppte das Chat-Fenster auf.

Kramer schloss das Fenster sogleich wieder. Er hatte keine Lust zu chatten. Müde rieb er sich die roten Augen. Er ging zur Startseite und tippte mühsam etwas in die Tastatur, das er teilen wollte, damit es jeder mitbekam. Kramer wusste nicht, ob es an den Worten lag, die ihm so fremd waren und die er bisher nur selten geschrieben hatte, oder aber am Promillegehalt in seinem Blut, doch das Schreiben bereitete ihm Schwierigkeiten. Er drückte die Backspace-Taste. Wie Pac-Man fraß der kleine blinkende Cursor die Worte, die irgendwie nicht passen wollten. Dann fing er wieder von vorne an.

Schließlich fuhr Kramer den Computer herunter, legte sich in sein Bett unter die Tigerbettwäsche, die er zu seinem dreizehnten Geburtstag geschenkt bekommen hatte, und schlief zufrieden ein.

Die Uhr zeigte 6:55, als an der Pinnwand von Kramers Facebook-Profil der Satz zu lesen war: «Habe mich entschieden, glücklich zu sein!»

DEUTSCHE ERZÄHLER BEI MÄNNERSCHWARM

Als kultivierter Einzelgänger genießt Remeur das Leben in allen seinen Facetten, und Scherer schreibt darüber mit Wahrhaftigkeit und Eleganz. «Dass ich die Jungs wirklich gern habe», so bekennt Remeur, «ist, genaugenommen, das einzige an mir, das zählt.»

208 Seiten | Klappenbroschur

Daniel und Martin heiraten, doch was bedeutet das für die beiden? Martin richtet die Wohnung ein und zahlt die Kredite ab. Daniel fürchtet, seine sexuelle Freiheit zu verlieren. Er kann Geborgenheit nur genießen, wenn sein Hunger auf Sex anderweitig gestillt wird.

224 Seiten | Broschur

Ende der 80er Jahre bei Leipzig: Marks Hormone spielen verrückt. Er verliebt sich ausgerechnet in einen Jungen, der zu Messezeiten als Stricher für Wessis arbeitet. Beim Fall der Mauer geht Mark nach Westberlin und erlebt dort ganz neue Möglichkeiten.

192 Seiten | Broschur